AF221425

Die Spur des Delfins

Madeira-Krimi

Für Xaviero und Inka

Ana Marquez

Die Spur des Delfins

Madeira-Krimi

Erklärung:

Die Handlung dieses Romans ist fiktiv. Die handelnden Figuren sind meiner Fantasie entsprungen. Ähnlichkeiten mit Lebenden oder Verstorbenen wären zufällig. Wenn historische Personen wie Romanfiguren handeln, ist auch dies fiktiv.

Bibliografische Information der Deutschen Nationalbibliothek: Die Deutsche Nationalbibliothek verzeichnet diese Publikation in der Deutschen Nationalbibliografie, detaillierte bibliografische Daten sind im Internet über http://dnb.dnb.de abrufbar.

© 2020 Ana Marquez

Grafik: PNGIMG.com

Herstellung und Verlag:

BoD – Books on Demand, Norderstedt

ISBN: 9783751950466

Inhalt

Sowie ein Delfin auf den menschlichen Geist trifft, wird eine tiefe, nachklingende Saite angeschlagen.

Wade Doak, Filmer und Meeresschützer

Prolog

Die Silvesternacht glühte. Leuchtspuren in allen Farben zischten über den Himmel und tauchten die Gebäude am Strand sekundenlang in bunt funkelndes Licht. An Bord des Kreuzfahrtschiffes spielte eine Band mutwillig verjazzte Hits aus den sechziger und siebziger Jahren des vorigen Jahrhunderts. Doch jetzt befanden sich alle Passagiere an Deck, um das berühmte Feuerwerk von Funchal, der Hauptstadt der atlantischen Blumeninsel Madeira, nicht zu verpassen. Ununterbrochen klickten die Auslöser der Kameras, und die Menge raunte in kindlichem Staunen ah und oh. Alle waren glücklich in diesem Moment.

Alle? Unten, in einer der teuersten Kabinen des Schiffes, saß ein etwa fünfzigjähriger Mann auf seinem Bett, das im Reiseprospekt als Koje bezeichnet wurde, und starrte vor sich auf den Fußboden, wo es nichts Bemerkenswertes zu sehen gab. Er trug feste Schuhe und eine Windjacke, so als wollte er nach oben zu den anderen gehen, aber er machte keine Anstalten, sich vom Bett zu erheben. Bewegungslos saß er da, einem Denkmal mit dem Titel „der Grübelnde" nicht unähnlich.

Ein Wiedersehen, eine Enttäuschung und ein Entschluss

Die Maschine aus Lissabon hatte Verspätung. Ungeduldig sah João Freitas, den seine Freunde manchmal Johnny nannten, weil er eine englische Mutter hatte, auf die Armbanduhr. Schon viertel vor zwei, um fünf musste er wieder in Funchal in der Galerie sein. Ein wichtiger Kunde wollte kommen, ein Amerikaner aus New York.

Nach einem halben Leben, in dem João die meiste Zeit von der Hand in den Mund hatte leben müssen und oft überlegt hatte, sein Künstlerdasein an den Nagel zu hängen und endlich etwas Anständiges zu lernen, wie sein Vater es ausdrückte, waren in New York plötzlich die guten Zeiten angebrochen. João verdankte Dave Miller, dem weltweit bekannten Kunstsammler und Mäzen, viel. Anfangs konnte João es nicht glauben, dass dies der internationale Durchbruch für ihn war, und er rechnete damit, fast hoffte er seltsamerweise darauf, dass sein Riesenerfolg in der internationalen Kunstwelt so schnell vergehen würde, wie er gekommen war. Schon längst spielte es keine Rolle mehr, dass João ein madeirensischer Maler war, geboren und aufgewachsen auf der Insel. Sein Gönner Miller, der sich nicht wenig darauf einbildete, einen derart erfolgreichen Künstler entdeckt zu haben, sagte ihm, dass es von nun an immer Menschen geben würde, die seine Bilder sammelten.

In einigen bedeutenden Fachzeitschriften waren lange Artikel über Joãos Farb- und Formempfinden erschienen, man verglich ihn mit Gauguin, schrieb, er habe eine neue Phase des Existentialismus eingeleitet, den man doch schon für längst tot gehalten hatte und dessen Wiederauferstehung man nun begeistert feierte.

„Sie sagen, du hast einen Kunststil erfunden, damit bist

du schon zu Lebzeiten unsterblich", versicherte Miller dem fassungslosen João. „Du hast deinen eigenen Stil geprägt, giltst jetzt als Begründer einer Wende zurück zum Figürlichen. Dir kann wirklich nichts mehr passieren, alter Junge, du hast ausgesorgt."

Mit der Zeit hatte sich João an sein Glück gewöhnt, hatte angefangen, daran zu glauben, hatte sich ein schönes Haus hoch über der steil ansteigenden Bucht von Funchal gekauft und ein besseres Auto. Und hatte ansonsten genau das Leben beibehalten, das er vorher geführt hatte. Nicht einmal die Freundin hatte er gewechselt. Er war noch immer mit Isabella zusammen, der schönen Lissabonnerin, auf die er jetzt wartete.

Die Anzeigentafel blinkte, die Maschine aus Portugal war gelandet. Gleich würde er Isabella endlich wieder bei sich haben. Verdammter Atlantik, dachte er, und musste dann über sich grinsen. Am Meer lag es sicher nicht, wenn zwischen ihren Treffen immer wieder große Lücken seine Geduld strapazierten.

Isabella war eine viel beschäftigte Journalistin, reiste ständig in der Welt herum, immer auf der Suche nach einer guten Story. Die Zeitschrift, bei der sie arbeitete, war bekannt für ihre politischen Hintergrundberichte. João vermutete, dass die Recherchen immer viel gefährlicher waren, als Isabella ihm gegenüber zugab.

Aber was konnte er machen? Sie liebte ihren Beruf, hatte ihn schon ausgeübt, als sie João traf, und es war unmöglich, sie sich als nicht schreibend vorzustellen. Genauso wie ihr langes, dunkles, glattes Haar und die braunen Augen, gehörte ihr kleiner Laptop zu ihr, in den sie ständig etwas eintippte. Auch, wenn sie im Urlaub war.

Am Anfang ihrer Beziehung hatte es ein paar Szenen zwischen ihnen gegeben, weil Isabella niemals aufhörte zu arbeiten, zu schreiben, zu telefonieren. Sie hatte ihn angeschrien, dass er sie entweder so oder gar nicht haben konnte, und er hatte sich fast sofort für so entschieden. Das war jetzt schon bald zehn Jahre her. Er lächelte bei dem Gedanken an ihre Anfangszeit, während er wartete und sich auf das verlängerte Wochenende mit ihr freute, das sie ihrem vollgepackten Terminplan abgerungen hatte.

Natürlich musste sie arbeiten, und er ausnahmsweise auch, aber sie würden abends rausfahren nach Camara de Lobos und in dem romantischen, nur mäßig touristischen Fischerdorf mit den bunt bemalten Booten im Hafen essen. Sie würden vielleicht sogar Zeit für eine klitzekleine Levadawanderung finden, bevor er Isabella wieder zum Flugplatz bringen musste.

„Du bist ein Idiot", sagte er in Gedanken zu sich selbst. „Sie ist noch nicht einmal da, und du denkst schon wieder ans Ende."

Isabella kam im Laufschritt mit einem strahlenden Lächeln auf ihn zu, ihren winzigen Koffer, den sie immer auf Reisen benutzte, zog sie hinter sich her.

„João", rief sie, „wie schön, dass du mich abholst!"

Er hatte bis zuletzt nicht gewusst, ob er es schaffen würde zum Flughafen zu kommen, denn sein amerikanischer Besucher war anspruchsvoll. Dave Miller rechnete mit neuen Bildern und einer perfekten Präsentation in der Galerie. Heute Abend war die Vernissage, vorher traf Dave sich mit João auf einen Drink am Hafen. Vielleicht war es gut, Isabella zu Dave mitzunehmen, die beiden kannten sich noch nicht und konnten einander beschnuppern, und es würde nicht so auffallen, wie nervös João war.

Er schob die Gedanken beiseite und breitete die Arme aus. Mit einem leisen Juchzer stürzte Isabella sich hinein, und er grub die Nase tief in ihr Haar, sog den Duft ein und träumte sofort davon, dies jeden Abend und jeden Morgen tun zu können. Manchmal hatte er genug vom ewigen Getrenntsein, wünschte sich, dass sie bei ihm blieb oder er zu ihr nach Lissabon zog. Aber sie hatten schon oft darüber gesprochen. Vorläufig gab es keine Möglichkeit zusammenzuleben. Er wollte nicht in einer Wohnung auf sie warten, fern der Heimat. Auf Dauer wollte er nirgends leben als auf Madeira.

„Wie war dein Flug, Liebling?", fragte er, als sie zum Auto schlenderten, Hand in Hand und ganz langsam.

„Ruhig. Das Flugzeug ist schon zu spät los. Keine Ahnung, warum", antwortete Isabella. „Was machen wir? Wenn du willst, kann ich dich nachher zu Dave begleiten."

Perfekt. Wieder einmal hatte sie seine Gedanken gelesen.

„Und ob ich will. Dave hat schon so oft gesagt, dass er dich gern kennenlernen würde."

Er beugte sich zu ihr und fasste ihre Schultern ein wenig fester und küsste sie sanft auf den Mund.

„Dann fahren wir erstmal nach Hause, lassen deine Sachen dort", sagte er und zwinkerte ihr zu. Sie dachten beide dasselbe, nämlich an sein großes, breites Bett.

Seit einigen Jahren gab es jetzt die mit EU-Geldern gebaute Autobahn, die von Canical die Küste entlang bis hinunter nach Ribeira Brava reichte, alles in allem circa fünfzig Kilometer. So sehr João auch das Herz geblutet hatte, als die Autobahn gebaut worden war, so praktisch fand er sie jetzt manchmal. Früher hatte er auf einem schmalen Sträßchen die Küste entlang nach Funchal kurven müssen. Das ging jetzt bedeutend schneller.

In Joãos Haus hoch über der Stadt mit dem wunderbaren Blick auf den tiefblauen Atlantik, trat Isabella auf die Terrasse und ließ sich mit einem Seufzer in einen der gepolsterten Korbstühle fallen.

„Jetzt hätte ich gern eine Poncha", sagte sie.

„Kommt sofort."

Poncha war Isabellas Lieblingsgetränk, das National-getränk Madeiras. Der Drink bestand aus Orangensaft, Zuckerrohrschnaps, Honig und noch andere Zutaten, die von Barmann zu Barmann variierten. João tat zum Beispiel ganz wenige äußerst fein geschnittene Ingwerwürfelchen mit hinein, etwas, dass er Isabella gegenüber mit keinem Sterbenswörtchen erwähnte. Er servierte seine Poncha immer mit einem Rand aus braunem Zucker auf dem Glas.

Zärtlich betrachtete Isabella ihn, wie er ein Tablett mit Gläsern, eine Holzschale mit Nüssen und noch andere Kleinigkeiten balancierend zu ihr auf die Terrasse trat. Sie hatte ihn nicht von Anfang an attraktiv gefunden, damals, als sie sich zum ersten Mal begegnet waren. Obwohl er sicherlich mit seinen blaugrauen Augen, den dunkel gewellten Haaren und den markanten Gesichtszügen ein gutaussehender Mann war. Aber das waren viele und für Isabella kein Grund, sich in sie zu verlieben. Schon gar nicht in einen Hinterwäldler, denn schließlich kam sie aus der großen Hauptstadt Lissabon, und er war Bewohner einer abgelegenen Insel im Atlantik, die zwar zu Portugal gehörte, aber bis vor Kurzem noch ziemlich unterentwickelt gewesen war.

Was Isabella an João so faszinierte, dass sie ihr geliebtes Singleleben aufgab, war seine Hartnäckigkeit, gepaart mit künstlerischer Sensibilität und Fantasie.

Sie waren sich in Isabellas Urlaub auf der Insel begegnet, ganz klassisch, in einem Café. Wie immer hatte sie geschrieben, damals noch nicht mit einem Laptop, sondern mit der Hand, und er war sehr höflich an ihren Tisch getreten und hatte mit einem Lächeln in den Augen erklärt, dass er sich schon die ganze letzte Stunde über fragte, was sie da so eifrig schrieb. Er wolle sie wirklich nicht belästigen, aber sie würde ihm eine sooo große Freude machen, wenn er sie zu einem Kaffee einladen dürfe. War sie vielleicht eine Schriftstellerin?

„Nein", sagte sie zu ihrer eigenen Überraschung, denn normalerweise ging sie auf plumpe Anmache nicht ein. Auf gar keine Anmache, um genau zu sein. Aber dieser Mann hatte etwas Gewinnendes, dem sie nicht widerstehen konnte.

„Ich bin Journalistin", erklärte sie und nannte ihm das Blatt, für das sie arbeitete.

Er zog überrascht die Augenbrauen hoch.

„Das lese ich immer", sagte er und setzte sich, ohne auf ihre Aufforderung zu warten, auf den einzigen Stuhl, den sie nicht mit Taschen belegt hatte.

„Sagen sie bloß, sie schreiben dort den politischen Kommentar und diese wunderbaren Artikel. Sind Sie am Ende Letizia Delgado?"

Sie blickte säuerlich, und er sah, dass er dabei war, sich um Kopf und Kragen zu reden.

„Entschuldigen Sie", sagte er und stand wieder auf. „Ich habe mich gar nicht vorgestellt. Mein Name ist João Freitas. Sie haben sicher noch nie von mir gehört. Ich bin Maler, kein besonders erfolgreicher, fürchte ich."

Überrumpelt von seiner uneitelen Ehrlichkeit musste Isabella lachen.

„Was malen Sie denn?", fragte sie, neugierig geworden. Auf ihn, die Kunst - sie wusste es selbst nicht genau. Wollte es nicht wissen. Seit langer Zeit war da mal wieder ein Mann, der sie interessierte.

„Ich male die Insel", sagte er einfach.

„Madeira?", fragte sie.

„Gibt es eine andere?", fragte er lächelnd zurück, und sie

lachten.

So hatte es angefangen zwischen ihnen, heiter, sorglos, und es war immer so weitergegangen. Wenn sie ihn sah, war sie im Urlaub und er auch. Erst in der letzten Zeit hatte sie an sich eine gewisse Reisemüdigkeit entdeckt.

„Du wirkst heute so nachdenklich, Liebling", sagte João in ihre Gedanken hinein. „Ist irgend etwas?"

„Nein, ich bin nur ein bisschen müde. Kann ich mich noch kurz hinlegen?"

„Natürlich. Ich lege mich dazu, wenn ich darf."

„Wie wunderschön du bist", er zog sacht mit dem Finger die Linie ihres Bauches nach. Sie hatten sich geliebt, hitzig, eilig, mit Blick auf die Uhr. Isabella freute sich auf den Abend, der vor ihr lag. Sie liebte es, dabei zu sein, wenn eine Vernissage von João eröffnet wurde. Sein Blick auf die Dinge und Landschaften erstaunte sie immer aufs Neue, und es erfüllte sie mit tiefer Befriedigung, dass er nun endlich den Ruhm genoss, der ihm zustand. Was für ein Glück die Welt gehabt hatte, dass João ein solcher Sturkopf war, der einfach immer weiter gemalt hatte, auch wenn ihn die Kunst kaum ernährte.

Vieles war einfacher geworden zwischen ihnen, seit João Erfolg hatte und sich Dinge leisten konnte. Aber das Wesentliche hatte sich nicht verändert. Sie waren immer noch João und Isabella, unendlich froh, einander gefunden zu haben.

An Deck der Vagrant, einer alten Yacht, die einmal den Beatles gehört hatte, saß Dave Miller und winkte ihnen zu. Dave hatte es sich mit einer Flasche Whiskey schon gemütlich gemacht.

„Den Beatles ist es hier auch nicht besser gegangen als

dir", sagte João statt einer Begrüßung. Im Laufe der Jahre, die sie sich nun schon kannten, hatte sich João langsam an die lebhafte Art des Amerikaners gewöhnt. Klein, untersetzt, mit freundlich und manchmal auch listig funkelnden Augen ließ Dave es sich nicht nehmen, jedes ihrer Wiedersehen zu einer für Joãos madeirensischen Geschmack völlig überzogenen Demonstration seiner Zuneigung zu machen.

Erst seit João ein halbes Jahr in New York gewohnt hatte, sah er Daves Verhalten mit anderen Augen. Insgeheim hatte er sich sogar zu fragen begonnen, ob nicht die Art seiner eigenen Landsleute gegenüber Fremden eine Spur zu reserviert war. João hatte es genossen, in New York mit irgendwelchen Leuten, die zufällig am selben Tresen lehnten, ein Gespräch über Gott und die Welt anzufangen, einfach so. Natürlich hatte es geholfen, dass ihm Patricia, Patty genannt, begegnet war, eine waschechte New Yorkerin, Kind der Großstadt und bereit, ihm Ecken ihrer Heimat zu zeigen, in die ein Tourist nur selten kam. Durch Patty hatte er schwarze Musik kennengelernt, zu Blues und Soul in Clubs getanzt, in denen er der einzige Weiße war.

Die Schwarzen in New York, ihr Körpergefühl, wenn er sie beim Tanzen beobachtet hatte, ihre Geschmeidigkeit, all das hatte seiner Kunst einen kräftigen Schubs in Richtung afrikanisches Design gegeben. Afrikanische Muster - damals hatte er nicht ahnen können, wie begeistert die Kritiker diesen neuen Stil in seinen Bildern aufnehmen würden. Er hatte New York alles zu verdanken, wirklich alles.

Als er in seinen Gedanken so weit gekommen war, spürte João ein ungewohnt heftiges Gefühl der Rührung in sich und schloss Dave fest in die Arme, noch bevor er ihn Isabella vorgestellt hatte.

„João!", rief Dave. „Wie geht es dir, alter Junge? Hervorragend, wie ich sehe", sagte er mit einem Augenzwinkern in Richtung Isabella. „Bitte, möchtest du mich nicht mit deiner reizenden Begleiterin bekannt machen?"

„Klar. Isabella, das ist mein alter Freund Dave Miller. Und das Dave, ist die Dame meines Herzens, Isabella Da Silva aus Lissabon."

Dave verdrehte die Augen, als er sich über Isabellas Hand beugte und so tat, als wollte er einen Kuss darauf drücken. Halb belustigt, halb irritiert zog sie ihre Hand zurück.

Isabella wusste alles über die Jahre vor Dave, hatte erlebt, wie João von Verkauf zu Verkauf seiner damals noch kleinformatigen Bilder gezittert hatte und war froh, dass die Zeiten in der dunklen, billigen Mietwohnung in einem schäbigen Haus in der Altstadt vorbei waren. Ein Engel war ihm erschienen, gerade als er angefangen hatte, den Mut zu verlieren, ein Engel in Gestalt des exzentrischen Dave, und wie von Zauberhand hatte sich das Blatt gewendet. João war nach New York gegangen, hatte dort diese unausstehliche Person kennengelernt, Patty, von der er schwor, dass sie nichts von ihm gewollt hatte und er schon gar nicht von ihr. Zumindest letzteres glaubte ihm Isabella. Sie musste sich eben daran gewöhnen, João mit einem Schwarm von weiblichen Bewunderern zu teilen. So war es nun mal, wenn man die Freundin eines erfolgreichen Künstlers war. Natürlich dachte sie nicht daran, dieses Teilen auf seinen Körper auszudehnen. Darin war sie sich mit João absolut einig, der eher noch eifersüchtiger als sie selbst, ausgesprochen heißblütig reagieren konnte, wenn er einen Mann verdächtigte, mit Isabella zu flirten.

Dave bestellte für João und Isabella eine Poncha und ein

Glas Rotwein.

„Ich bin so gespannt, was du neues hast", Dave rieb sich die Hände. „Die letzten Jahre liefen traumhaft, jetzt ist es, glaube ich, wieder mal Zeit, der Kunstwelt einen kleinen Schock zu verpassen. Sie sollte nicht zu träge werden, was dich betrifft. Du hast ja angedeutet, dass du experimentiert hast."

João nickte. „Hoffentlich bist du nicht enttäuscht."

Dave legte seine mit breiten, in der Sonne blitzenden Ringen geschmückte Hand auf João Unterarm. „Du kannst mich nicht enttäuschen. Ich habe es immer so gehalten mit den Künstlern, für die ich gearbeitet habe. Sie machen ihre Kunst, und ich verkaufe sie. Was du auch verbrochen hast, wir werden es an den Mann und selbstverständlich auch an die Frau bringen. Isabella, was halten Sie denn von Joãos Bildern?"

„Ich mag sie sehr", sagte Isabella so ernsthaft, dass João vor Glück kurz auflachte. „Sie sind etwas Besonderes, sie zeigen eine Welt, die die meisten Menschen nicht kennen. Madeira natürlich. Die Levadas, Schluchten, Wasserfälle und all das. Aber auch die Geschichte, João hat mir erzählt, dass ihm erst in New York richtig klar wurde, dass auch auf Madeira Schwarze gelebt haben. Sie kamen als Sklaven auf die Insel, schufteten im Zuckerrohranbau. Ihr Leid und ihre Sehnsucht nach der Freiheit ist in den Fado eingegangen, der unser portugiesisches Lebensgefühl der Saudade ausdrückt, wie keine andere Musik. Sehnsuchtsvoll, schmachtend. In Joãos Bildern ist die Sehnsucht der Sklaven zu finden."

João hob abwehrend die Hände. „Hört auf, ihr beiden. Ihr macht mich ganz verlegen. Eins kann ich euch aber schon verraten, die afrikanische Phase ist vorbei, ich habe etwas Neues gefunden."

„Darauf trinken wir!", rief Dave und füllte sein Glas

erneut aus der auf dem Tisch stehenden Whiskeyflasche. Wenn sie voll gewesen war, als er zu trinken begonnen hatte, musste er schon einiges intus haben.

Sie stießen miteinander an.

Dave wandte sich Isabella zu. „Wie lange bleiben Sie auf der Insel?"

„Nur bis Montag, leider. Die Arbeit ruft."

„João hat mir erzählt, dass Sie Journalistin sind und unter anderem viel über China geschrieben haben. Das interessiert mich sehr", sagte Dave, und ruckzuck hatte er Isabella in ein Gespräch über Macao und Hongkong und die Veränderungen seit der Rückgabe an China verwickelt.

João atmete auf. Er wollte nicht weiter über die Vernissage sprechen, sie würden noch früh genug sehen, dass er mit allem gebrochen hatte, was bis jetzt als sein Markenzeichen gegolten hatte. Naja, mit fast allem.

Er war sich bewusst, dass er ein Risiko eingegangen war, als er sich von den leicht verkäuflichen, farbenfrohen Afrikaimpressionen abgewandt hatte, aber lieber wollte er wieder arm sein, als dass er als Mustermaler von Madeira in die Kunstgeschichte einging. Was würde geschehen, wenn seine Fans, von denen er bis jetzt so angenehm gelebt hatte, ihm die Treue kündigten?

War er wieder einmal an einem Wendepunkt angekommen, an dem er alles zerstörte, was ihm lieb und teuer war? Er hatte gut verdient seit New York, sehr gut, aber nicht so gut, dass er sich davon zur Ruhe setzen konnte. Dafür war es entschieden zu früh. Zwei, drei, vielleicht auch vier große Ausstellungen musste er noch machen.

Genauso gut könnte es auch passieren, dass sie dir vorwerfen, du klammerst dich über Jahre an dein einmal gefundenes Thema. Du entwickelst dich nicht weiter, von dir ist nichts Spannendes mehr zu erwarten, sagte er sich. Man wusste nie, ob einem der Wind heftig ins Gesicht blasen oder einem als laues Lüftchen die Wange streicheln würde. Der Kunstkritikbetrieb war unberechenbar wie ein Zirkuslöwe, oft zahm, jedoch nicht immer. Also konnte er auch gleich alle taktischen Überlegungen über eventuelle Verkäuflichkeiten beiseite lassen und einfach machen, was ihm gefiel. Und genau das hatte er getan! Es war also alles in Ordnung und außerdem hatte er mit Dave einen großen Unterstützer an seiner Seite.

Er atmete tief durch, nahm einen Schluck von seinem Rotwein, bewunderte den feinen Schliff des Glases und beobachtete in seinen Stuhl zurückgelehnt die Flanierenden auf der Promenade unter ihm. Überall blühten Büsche und über den dunkelblauen Himmel zogen flauschige Wölkchen. Was für ein Glückskind er doch war, hier sitzen zu dürfen, hier leben zu dürfen.

Isabella hatte recht, wenn sie ihn ab und zu darauf hinwies, wie gut sie es hatten, sie beide im Speziellen und allgemein alle Bewohner der westlichen Hemisphäre. Der Luxus, in dem sie tagein tagaus lebten.

„João", sagte Isabella.

Er schämte sich. Wieder einmal war er völlig in seinen Gedanken gefangen gewesen und hatte vergessen, dass seine Freunde hier mit ihm am Tisch saßen.

„Redet ihr noch über China?", fragte er mit der unverstellten Direktheit, die Isabella liebte.

Sie und Dave lachten.

„Schon lange nicht mehr. Wir sind mittlerweile beim Great Barrier Riff angekommen."

„Wie seid ihr denn da gelandet?", wunderte sich João, und im selben Moment wusste er die Antwort. Isabella war eine leidenschaftliche Taucherin, allerdings hatte er mit Dave noch nie über das Tauchen gesprochen. Er konnte sich Dave überhaupt schlecht als Sportler vorstellen. Aber vielleicht täuschte er sich ja.

„Tauchst du etwa auch?", fragte er Dave.

„Nein. Mich kriegst du nicht unter Wasser, da hätte ich viel zu viel Angst, nie wieder hochzukommen."

„Du machst Spaß, oder?", fragte Isabella, die sich nichts Schöneres als Ferien im Wasser vorstellen konnte. Auch darum liebte sie Madeira.

„Nein, wirklich. Ich bin ziemlich wasserscheu. Wenn ich den festen Boden unter den Füßen verliere, werde ich nervös."

Fernando, Joãos Galerist und Freund, hatte überall Vasen mit Orchideen aufgestellt. Einige der prächtigen Blumen hatte Fernando in Bündel gefasst, und nun baumelten sie an langen Schnüren von der Decke.

João warf einen Seitenblick auf Dave und Isabella, auch ihnen schien das Blumenarrangement zu gefallen. Ob sich die großen Augen und der leicht abwesende Gesichtsausdruck der beiden auch auf seine Bilder bezog, vermocht João im Moment nicht zu sagen. Doch – zumindest bei Isabella war es so. Sie drückte fest Joãos Arm und flüsterte ihm zu: „Aber das ist ja unglaublich! Ich wusste nicht, dass du so etwas kannst."

Ja, dachte João mit einem Anflug von Bitterkeit. Ich kann auch richtig malen und zeichnen, nicht nur klecksen.

Richtig malen, so konnte man es nennen, was da, von Fernando geschmackvoll arrangiert, die Wände der Galerie zierte. Es waren botanische und zoologische Zeichnungen, koloriert und so genau, das man sie in einem Bestimmungsbuch hätte abdrucken können. Orchideen- und Schmetterlingsbilder, bei ihnen hatte João seinem Hang zu starken Mustern treu bleiben können, ohne den realistischen Stil zu verraten, der allen Bildern dieses Zyklus gemeinsam war. Tiere und Pflanzen zierten dschungelartiges Gebüsch, hockten im Gras, wucherten über Baumstämme. All das war in zurückhaltenden Tönen nur angedeutet, sodass es fast wirkte, als sei es eine Skizze. Um das Skizzenhafte noch zu betonen, hatte João in altertümlich geschwungener Schrift Artennamen notiert oder Beschreibungen des Vorkommens, teils in Latein, teils in Englisch. Mit leichten Strichen (war es Tusche, fragte sich Isabella) waren Pflanzenpressen, aufgeklappte Skizzenbücher, Herbarien und ähnliches in den Hintergrund eingearbeitet, der dadurch ein wenig nach Collage aussah.

Fernando grinste und winkte João zu.

„Da staunst du, was?" fragte er und fuhr sich mit einer Hand durch die dichte schwarze Lockenmähne.

„Ich bin überwältigt", gab João zurück. Das war nicht gelogen, aber er ließ es so klingen, dass sich Fernando nicht ganz sicher sein konnte, ob sein Freund ihn hochnahm oder nicht.

„Du siehst mich vor Bewunderung ob deiner Dekoration erstarren", setzte João noch eins drauf.

„Schon gut", brummte Fernando. „Hab schon kapiert. Isabella, willkommen in meiner bescheidenen Hütte. Schön, dich wieder mal hier zu haben. Dave, ich hoffe der Laden wird heute Abend richtig voll, und es geht einiges über den Tisch, hm?" Er nickte seinen Besuchern zu. „Ein paar Häppchen habe ich auch vorbereiten lassen, ansonsten das Übliche. Champagner, Madeirawein und Poncha", er schenkte Isabella ein Lächeln „für meine speziellen Gäste. Dave, was hältst du von den neuen Schöpfungen unseres Meisters hier?"

Konnte Fernando sich als Galerist nicht denken, wie

heikel die Situation zwischen einem Maler und seinem Förderer war? Denn Freundschaft hin, Freundschaft her, das war es doch, was Dave mit João verband. Das und nur das.

Dave lächelte gequält. „Sehr schön sind die Bilder. Obwohl ich meine, so etwas schon mal gesehen zu haben."

Paff.

Jetzt war es passiert. Joãos schlimmste Albträume. Er hatte Dave enttäuscht, und seine Künstlerkarriere war beendet, noch bevor sie richtig angefangen hatte.

Isabella warf João einen besorgten Blick zu. Sie kannte seine Empfindlichkeit und wusste, wie leicht er zu verletzen war. Zusammen mit seinem unbändigen Stolz ergab das eine ziemlich explosive Mischung und vermutlich genau das Gefühl, aus dem João seine Kunst schöpfte. Künstler waren sprichwörtlich schwierige Charaktere, und João bildete da keine Ausnahme.

„Geht es dir gut?", fragte Isabella viele Stunden später.

Die Leute hatten sich dicht an dicht zwischen Bildern und Getränken hindurchgeschoben, zeitweise war es so voll geworden in den Räumen, dass Fernando kurzerhand ein paar Tische und Stühle auf den Bürgersteig gestellt hatte.

Aber Isabella wusste, dass das alles für João nicht zählte. Das nicht, und auch nicht die verkauften Bilder des Abends. Er schielte einzig und allein auf Daves Reaktion, und die war so verhalten ausgefallen wie noch nie. Hatte Dave eine spezielle Abneigung gegen zoologische und botanische Motive? Was immer der Grund war, João würde ihn nicht erfahren. Dave würde sich einfach weniger engagieren, würde João sich selbst überlassen.

„Johnny", sagte Isabella, „lass uns drüber schlafen. Vielleicht sieht alles viel schlimmer aus als es ist. In einer Stunde ist das hier vorbei, und wir gehen nach

Hause, und du schläfst dich gründlich aus. Und morgen sehen wir weiter."

Das war seine Isabella. Sie wusste immer, was zu tun war. Gerade jetzt hätte er sich gewünscht, sie wäre weniger pragmatisch, würde stattdessen mit ihm zusammen auf den unmöglichen Dave schimpfen, sich aufregen und wütend werden, aber dann wäre sie nicht Isabella gewesen. Das war ihm klar, aber träumen durfte man schließlich.

Beim späten Frühstück am nächsten Morgen sah nichts besser aus. Dave hatte eine äußerst knappe Mail geschickt und sich entschuldigt, dass er früher als gedacht in Richtung Europa weiterreisen musste. Sie würden in Verbindung bleiben. João schnaubte leise, als er den Satz von seinem Mobiltelefon ablas und es Isabella hinhielt.

„So viel dazu, dass am nächsten Tag alles besser sein wird." Sie machte ein bekümmertes Gesicht.

„Ich weiß auch nicht, was ich von Daves Rückzug halten soll", sagte sie ernst. „Es ist fast so, als würde er fliehen. Aber es hat keinen Sinn, sich darüber den Kopf zu zerbrechen. Übrigens hast du gestern einiges verkauft, die Kasse hat ganz schön geklingelt."

Er stöhnte und hielt sich den Kopf. „Rede bitte nicht so", bat er. „Ich bin keine Gemischtwarenhändler."

„Was hast du gegen Gemischtwarenhändler?"

„Nichts. Außer eben das, dass sie alles verkaufen, was Käufer findet, und so will ich nicht sein."

„Weil du es dir leisten kannst", sagte sie scharf. „Viele Menschen haben nicht so viel Glück wie du."

„Oder wie du", sagte er müde. „Ich habe keine Lust zu streiten."

„Ich auch nicht", gab sie etwas lahm zu. „Also was machen wir jetzt mit dem angebrochenen Tag?"

Das Wetter war noch so schön wie gestern, die Sonne schien warm, und sie beschlossen, zum Cabo Girão zu fahren. Dort unten, in der Bucht, gediehen Bananen, Mangos und andere Südfrüchte, weil die mehrere hundert Meter hohe, senkrechte Felswand, die hinter den Pflanzungen aufragte, einen hervorragenden Wärmespeicher bildete.

„Das ist eine sehr gute Idee", lobte Isabella. „Das Cabo Girão ."

João fuhr den Alfa Romeo aus der Garage mit der steilen Rampe, und Isabella stieg ein. Die offensichtliche Freude, die João, der lange Zeit einen Fiat gefahren hatte, sein schöner, neuer Wagen machte, weckte in Isabella mütterliche Zärtlichkeit. Im Nu waren sie auf der Autobahn, und auch schon gleich wieder hinunter und am Cabo. Das war der Vorteil Madeiras, zu keinem Ort war es auf diesem Fliegenschiss im Atlantik besonders weit, andererseits war der Fliegenschiss bergig, bis 1800 Meter ging es im Inselinneren hinauf.

João parkte direkt am Treppenzugang zum Lift. Schon von hier aus war die Sicht grandios, tief unter ihnen sahen sie Bananenplantagen, schwarze, steinige Buchten und das heute wild schäumende dunkelblaue Meer. Zwischen einigen Palmen konnten sie das Restaurant ausmachen, in dem sie schon so oft den Nachmittag über Galão und Puddingtörtchen vertrödelt hatten, während sie sich gegenseitig Artikel aus dem Diario de Noticias vorlasen. Isabella dachte, dass es keine perfektere Umgebung gab, um João um das zu bitten, um das sie ihn bitten wollte.

Langsam schwebten sie an der senkrechten Felswand nach unten, sahen zu ihrer rechten Seite einen Wasserlauf die Felswand hinunterrinnen und stellten sich vor, wie es wäre, wenn der Boden des Lifts aus Plexiglas wäre. João war sich sicher, dass er ihn dann auf keinen Fall betreten würde. Isabella lachte und meinte, es würde doch nicht gefährlicher dadurch werden.

Sie sprachen noch immer darüber, über ihre Ängste, über Dinge, die ihnen schwerfielen oder die sie sich nicht trauten und Isabella sagte: „Jetzt habe ich ein bisschen Angst", genau in dem Moment, als sie sich auf der Restaurantterrasse an einem der Tische im Halbschatten niederließen, um Kaffee zu bestellten.

„Warum?", fragte João überrascht.

„Weil ich dich um etwas bitten muss. Ich habe es jemandem versprochen."

„Mach 's nicht so spannend", lachte João. „Du ziehst ein Gesicht, man könnte meinen, du willst, dass ich für dich einen Mord begehe oder sowas."

„Wie kommst du denn darauf? Ist aber gar nicht so verkehrt geraten", sagte Isabella.

„Was?!"

„Du sollst keinen Mord begehen, sondern helfen, einen aufzuklären", erklärte Isabella und fügte nachdenklich hinzu. „Wenn es überhaupt ein Mord ist."

João stöhnte. „Manuel?"

Isabella nickte.

Manuel war Isabellas Cousin, er arbeitete bei der hiesigen Polizei und stammte ursprünglich aus Tavira, einer kleinen Stadt an der Algarve. Von Zeit zu Zeit hatte Isabella von Manuel erzählt, wie er sich machte in Funchal, was für Fälle er bearbeitete. João hatte immer den Eindruck gehabt, dass das Polizistendasein in Funchal ein eher ruhiger Job war, kleine Diebstähle, Betrügereien, nichts Großes. Und jetzt sprach Isabella von Mord.

„Was habe ich mit Manuels Arbeit zu tun?", fragte João, um einen freundlichen Ton bemüht.

„Du könntest ihm helfen. Er hat ein paar Zeugen befragt und hat das Gefühl, dass sie ihm etwas verschweigen. Es geht, glaube ich, um Leute in São Jorge und Prazeres und noch irgendwo. Du könntest dich mal unauffällig umhören. Natürlich nur, wenn du Zeit dafür findest", fügte sie schnell hinzu.

„Ich weiß nicht", sagte João gedehnt und rührte in dem Milchkaffee, den sie hier aus unerfindlichen Gründen Chinesa nannten. „Ich bin kein Undercover Agent."

„Aber du kennst so viele Leute, und dir trauen sie."

„Soll ich sie deshalb in die Pfanne hauen."

„Natürlich nicht", sagte sie heftig. „So gut solltest du mich kennen, dass ich dich nie um etwas Krummes bitten würde. Es geht darum, herauszufinden, ob ein Amerikaner, der hier einige Menschen kannte, sich umgebracht hat oder ermordet worden ist. Niemand erwartet von dir, dass du den Mörder präsentierst. Es ist nur so, dass die Leute uns Festlandsportugiesen nicht so gerne was erzählen, du weißt doch, wie das ist. João, bitte, tu 's für mich, mein Cousin ist echt in der Klemme, und du bist nicht von der Polizei, und die Leute vertrauen dir."

João legte seine Hand auf die von Isabella. „Wenn dir so viel daran liegt, mache ich es natürlich. Ich rede mal mit Manuel, okay?"

Viele tausend Kilometer weiter westlich, auf der anderen Seite des Nordamerikanischen Kontinents drehte Cynthia Pearl den Innenspiegel ihres Toyotas so, dass sie den Sitz ihrer Frisur begutachten konnte. Sie war nervös, das ließ sich nicht leugnen. Mit beiden Händen fuhr sie sich durch das kurzgeschnittene Haar und langte nach der Lederhandtasche, die auf dem Beifahrersitz stand. Das Miniaufnahmegerät, das sie immer benutzte, wenn ihr unterwegs eine Idee kam, würde ihr helfen. Sie drückte auf Record und sprach laut:

„Eins, zwei, drei, hallo."

Das Gerät arbeitete einwandfrei, auch ein leiser geführtes Gespräch an einem belebten Ort würde es so aufzeichnen, dass man alles verstehen konnte. Der winzige Spalt, den sie den Reißverschluss ihrer Handtasche offen lassen würde, genügte vollkommen und war unauffällig.

Ich gebärde mich wie eine Agentin, dachte sie leicht amüsiert. Dabei geht es mir nur darum, endlich zu begreifen, was passiert ist.

Die Uhr zeigte an, dass es Zeit für sie war zum Treffpunkt zu gehen, und sie gab sich einen Ruck und öffnete die Autotür. Es war warm hier unten, viel wärmer als zu Hause, und überall saßen oder lagen Menschen auf den Rasenflächen, darunter viele Obdachlose.

„Wie werde ich ihn nur erkennen?", fragte sie sich, aber darüber hätte sie sich keine Sorgen zu machen brauchen. Sie hatte vergessen, dass er sie oft gesehen hatte, wenn sie Peter besucht hatte. Er war ihr niemals aufgefallen, wie sollte er auch, er war einfach einer von vielen Männern gewesen, die dort arbeiteten. Er hingegen hatte sie ganz genau registriert, hatte bei sich gedacht, dass Peter eine nette Freundin hatte, eine die etwas hermachte und trotzdem was im Kopf hatte. Schriftstellerin war sie, wusste die Gerüchteküche zu berichten, eine erfolgreiche dazu.

Dann hatte er vor nicht allzu langer Zeit etwas gelesen, das ihn umgehauen hatte. Peter war in Madeira - wo lag das eigentlich - von einem Felsen gesprungen. Er konnte das nicht glauben. Ein paar Nächte hatte er die Gedanken im Kopf hin und hergewälzt, hatte sich an die sorglosen Tage im Institut und im Gehege erinnert, hatte Peter vor sich gesehen, wie er fröhlich seinen Job machte, und war zu einem Entschluss gekommen.

Er musste Peters Freundin kontaktieren, die Schriftstellerin, er musste mit ihr sprechen. So wie die Dinge lagen, gab es keine andere Möglichkeit und jemand musste erfahren, was er beobachtet hatte. Weshalb er gegangen war und lieber hier draußen in den Parks und auf den Bänken lebte, als weiter dort zu arbeiten, wo solche Dinge geschahen.

Für ihn war es nicht leicht, die Schriftstellerin zu treffen. Immerhin war sie eine Frau, für die er geschwärmt hatte, wenn auch nur aus der Ferne, und jetzt würde sie ihn so sehen, abgerissen und vom Alkohol gezeichnet.

Aber es musste sein.

Cynthia stieg die Treppen hinunter zum Strand und ging an der Wasserkante in Richtung Boardwalk. Vor ihr ragte der lange Steg mit den Karussels und Buden ins Wasser. Sie hatten verabredet, dass er ihr entgegenkommen würde.

Er hatte sie gewarnt, er sei nicht mehr der Alte. Habe schon einige Zeit draußen gelebt. Homeless, Santa Monica war der Platz dafür. Es gab hier Massen von ihnen.

Ein großer Mann mit dunklem, verfilzten Haar und einem Trinkergesicht kam ihr entgegen. Er hob die Hand zum Gruß.

„Mrs Cynthia Pearl?"

„Die bin ich. Mit wem habe ich das Vergnügen?" fragte sie, bemüht sich ihr Erschrecken über sein verwahrlostes Aussehen nicht anmerken zu lassen.

„Mein Name tut nichts zur Sache. Lassen Sie uns ein Stück gehen, und ich erzähle Ihnen, was ich weiß."

Reiche Leute und bunte Fische

Den Wind zu spüren, war ein Vergnügen, dass João viel zu sehr genoss, um es sich durch Motorradkleidung nehmen zu lassen. Im Stadtgebiet fuhr er wie meistens mit der leichten Suzuki, mit der es keine Parkplatzprobleme gab. Den Helm verstaute er, nachdem er an der Rua da Se angekommen war, in einem speziellen Kasten, der abschließbar war und am Motorrad blieb und machte sich im Anzug auf den Weg zu seinem Treffen mit Manuel. Sie hatten sich in einer Bäckerei, die berühmt für ihren guten Kuchen war verabredet, und Manuel saß schon vor einem großen Stück schachbrettartig gemusterter Torte, als João den Laden betrat.

„Olá, João. Lange nicht gesehen. Danke, dass du gekommen bist."

Manuel umarmte den Freund seiner Cousine etwas unbeholfen, was auch daran lag, dass ein Tisch zwischen ihnen stand.

„Schön dich mal wieder zu sehen", lächelte João, um dem anderen seine Befangenheit zu nehmen. Er kannte das Gefühl nur zu gut, dieses linkische Schlenkern mit den eigenen Gliedmaßen. Nur dass seine Erfahrung damit Gott sei Dank mit der Schulzeit beendet gewesen war, während Manuel sich bereits in der Mitte des dritten Lebensjahrzehnts befand.

„Wie geht's dir?", fragte João und beeilte sich hinzuzufügen: „Und wie geht's Rosa und eurer Kleinen?"

„Denen gut, danke der Nachfrage. Und bei dir? Alles in Ordnung?", fragte Manuel, um dann herauszusprudeln: „Mir geht es im Moment nicht so, also so schlecht auch wieder nicht. Es ist nur der Druck, der mich fertig macht, mein Chef will endlich Ergebnisse sehen. Wir korksen an diesem Mord herum, falls es überhaupt einer ist und kommen keinen Schritt weiter. In meiner Not habe ich Isabella angerufen und sie gefragt, ob du mir nicht ausnahmsweise etwas helfen könntest."

„Deshalb bin ich hier", lächelte João und kam sich dabei wie ein Gauner vor, der vorgab, der rettende Engel zu sein. Er konnte nicht aufhören, insgeheim zu schmunzeln über den Stress von Isabellas Cousin. Natürlich, die Polizei in Funchal, auf ganz Madeira, wann war sie je vor einer solchen Herausforderung gestanden? Sie mussten tatsächlich einen richtigen Fall bearbeiten!

Laut sagte er: „Was könnte ich denn tun, um dir zu helfen? Isabella hat schon etwas angedeutet mit Prazeres und São Jorge."

Manuels verkniffener Mund entspannte sich etwas.

„Genau. Wir haben Zeugen. Nicht nur dort, sie sind über die ganze Insel verteilt, wie von einer verdammt großen Hand schön gleichmäßig verteilt. Der Tote hatte viele Kontakte, aber bis jetzt hat uns das nicht weiter gebracht. Nun ist es aber so, dass er Witwer war, der Tote meine ich, verheiratet mit einer Frau von hier, und deren Familie ist, wie es der unglückliche Zufall will, verwandt mit meinem Chef. Diese Leute können sich einfach nicht vorstellen, dass ihr geliebter amerikanischer Schwiegersohn Selbstmord begangen hat. Mein Chef hat mich also mehr oder weniger dazu verdonnert, so lang zu suchen, bis ich Beweise für einen Mord habe."

Das klang schlimmer als João befürchtet hatte und Manuel tat ihm aufrichtig leid. So gern João auf Madeira lebte, so sehr hasste er den Umstand, dass jeder mit jedem verwandt, verschwägert oder bekannt war.

„Ich werde sehen, was sich machen lässt", versprach er Manuel.

Über dessen Gesicht huschte ein Schimmer von Zuversicht, bevor er wieder erlosch.

„Ich weiß, was ich von dir verlange", sagte er mit klagender Stimme. „Mein verdammter Chef lässt mich nicht in Ruhe, bis ich einen Mörder gefunden haben, aber ich weiß, dass es keinen gibt. Dieser amerikanische Kerl hat sich umgebracht, nichts weiter. Schulden hatte er auch, er lebte allein und hatte wahrscheinlich Depressionen. Auch wenn es meinem Boss nicht in den Kram passt, es gibt genügend Hinweise auf einen Selbstmord und keinen einzigen, wirklich keinen einzigen, auf Mord." Manuel breitete theatralisch die Arme aus und ließ sie wieder sinken. „Es geht also nur darum", fuhr er etwas ruhiger fort, „dass sie dir eher erzählen werden, welche Probleme dieser Peter hatte, dass vielleicht, wenn ich Glück habe, jemand zugibt, wie wahrscheinlich Selbstmord ist."

João seufzte laut. „Das klingt nach einer Riesenaufgabe. So viel Zeit habe ich auch wieder nicht, Manuel."

Manuel grinste schuldbewusst. „Acht Adressen sind es insgesamt. Mach so viele du schaffst. Vielleicht kennst du ja sogar welche von der Liste, wundern täte es mich nicht, ihr kennt euch doch alle irgendwie."

„Du wolltest wohl sagen, ihr seid doch alle irgendwie miteinander verwandt", knurrte João. „Hast du die Liste hier?", fragte er dann eine Spur freundlicher.

„Klar." Manuel holte ein zerknittertes Papier aus seiner Aktentasche und strich es auf dem Tisch glatt. „Clara Fernandes, Schwiegermutter des Toten, Antonio Jardim, ein alter Freund, Sabrina Gonçalves, die Schwägerin, und so weiter. Ich habe hinter die Namen und Adressen alles geschrieben, was wir herausgefunden haben. Viel ist es nicht gerade, ich weiß."

João legte Manuel kurz die Hand auf die Schulter. „Gib schon her", sagte er und fluchte dann leise, als er das Papier las.

„Was ist?", fragte Manuel besorgt.

„Nichts", log João. „Ich sehe nur, wie weit sie alle auseinander wohnen."

Den wahren Grund, warum er geflucht hatte, sagte er Manuel nicht.

Das frühlingshaft warme Wetter hielt auch die nächsten Tage an, und João, der wusste, wie unangenehm es in den Bergen und an der Nordseite Madeiras plötzlich werden konnte, beschloss, die Schönwetterperiode auszunutzen. Mit dem Motorrad machte er sich auf den Weg Richtung São Vicente, immer an dem Flussbett entlang, das von Ribeira Brava aus ins Landesinnere führte. Die Straße war neu und gut ausgebaut, mit nur geringen Steigungen. Er brauchte keine Stunde bis São Vicente, einem verträumten Ort mit einer großen, prächtig mit Azulejos geschmückten Kirche. João parkte die Suzuki und nahm sich vor, noch kurz in die Kirche zu gehen zu seinem Lieblingsheiligen, bevor er zurückfuhr.

Im Café vor der Kirche traf er ein paar alte Bekannte, die ihre Bica schlürften und sich unterhielten.

„Olá", grüßte er nach allen Seiten, als er sich zu ihnen stellte und beim Wirt ebenfalls eine Bica bestellte.

„Olá, João. Was ist los, du warst eine Ewigkeit nicht hier! Jemand gestorben?", frotzelte Jorge, von dem der Witz ging, dass São Jorge nach ihm benannt worden war. Alt genug war er.

„Jorge", lächelte João. „Was gibt es Neues? Wie geht es deinen alten Knochen und deiner alten Clara?"

Clara war Jorges Frau, höchstens ein paar Jahre jünger als er und hatte, wie die Leute in São Vicente sagten, Haare auf den Zähnen. Sechzig oder siebzig Jahre waren Clara und Jorge nun schon miteinander verheiratet, und es sah nicht danach aus, als ob einer von ihnen in nächster Zeit das Handtuch werfen würde.

Jorge grinste und entblößte seine gut erhaltenen Zähne. Es waren seine eigenen, wie er stets betonte. „Clara, wer ist Clara? Du meinst meine liebe Frau, die schon seit so vielen Jahren treu für mich sorgt, nicht wahr?" und erntete damit verhaltene Lacher der Umstehenden. „Ich gebe dir einen guten Rat, mein Sohn. Heirate nie."

„Und wenn es sich nicht vermeiden lässt", fragte João.

„Es lässt sich immer vermeiden."

„Du musst es ja wissen", sagte João und hatte die Lacher auf seiner Seite.

„Immer noch der freche Schlingel von damals", schmunzelte Jorge. „Vergiss nicht, du Naseweis, ich kenne dich, da warst du noch so klein und hast an der Schürze deiner Mutter gehangen." Joãos Mutter hatte nie eine Schürze getragen, aber das tat nichts zur Sache. „Also spanne einen alten Mann und seine Freunde nicht länger auf die Folter. Was treibt dich her?"

„Euch kann ich es ja sagen, ich ermittle für die Polizei." Schweigen.

Jorge räusperte sich. „Und ich dachte immer, du wärst Künstler oder sowas."

„Bin ich auch. War nur Spaß."

„Kein besonders guter. Was führt dich also her?"

„Das ist eine längere Geschichte. Ein Freund von mir hat in Funchal einen Mann kennengelernt, einen Amerikaner. Er fand ihn ganz nett, war mit ihm mit dem Boot draußen fischen, sie haben ein, zwei Wanderungen gemacht und mein Freund hat den Amerikaner öfter getroffen. Dann las mein Freund eines Morgens in der Zeitung, dass der Amerikaner tot unter dem Jardim Botanico gefunden wurde. Seitdem quält meinen Freund die Frage, was passiert ist."

„Erzählst du uns Märchen?" fragte Jorge misstrauisch.

João schüttelte den Kopf. „Ich habe den Amerikaner auch kennengelernt, Peter Keller hieß er", log er weiter und wunderte sich, wie leicht es ihm fiel. „Netter Kerl. Warum sollte sich so einer umbringen. Das will mir nicht in den Kopf."

„Peter", warf einer der umstehenden, ein hagerer weißhaariger Mann mit schlotternden Hosen ein. „Das ist der Schwager von Sabrina."

Jorge brachte ihn mit einem Blick zum Schweigen. „Wir kennen Peter. Ein wirklich netter Kerl, genau wie du sagst. Der hat sicher nicht selbst Hand an sich gelegt, jetzt suchen sie überall den Mörder und den", er blickte sich im Zuschauerkreis um und sah, dass alle gebannt an seinen Lippen hingen, „werdet ihr in São Vicente nicht finden. Hier nicht und nirgendwo auf Madeira. Weißt du eigentlich, was der Mann von Beruf war?"

„Meeresbiologe."

„Genau. Aber aus dem Institut, in dem er gearbeitet hat, wollte er weg. Nun zähl doch mal zwei und zwei zusammen. Ein Mann mit Karriere, studiert und alles, plant, dort wegzugehen, er will hier eine Tauchschule aufmachen, habe ich gehört. Eine Tauchschule! Nachdem er dort in Amerika Professor Doktor war! Da ist doch etwas faul, oder etwa nicht?"

„Wie meinst du das?" João hoffte, dass sie ihm seine Naivität abkaufen würden.

„Wie ich das meine? Ich meine, der Mann ist vor etwas weggelaufen, auch wenn das Sabrina und ihrer feinen Familie nicht passt. Und das hat ihn hier eingeholt und ins Jenseits befördert. Das ist meine Meinung dazu, und mehr sage ich nicht."

Alle schwiegen ehrfürchtig.

„Und Sabrina passt das nicht?", fragte João nachdem er eine angemessene Pause hatte verstreichen lassen.

„Sie wollen nicht wahrhaben, dass ihr geliebter Peter Schwierigkeiten hatte, dass er gescheitert ist und sich zurück in den Schoß der Familie seiner Frau flüchten musste. Das ist die Wahrheit und nicht dieser Quatsch davon, dass er Madeira so geliebt hat und nun endlich für immer hier leben wollte. Am liebsten wollen sie denken, dass Peter einem kleinen, miesen Verbrechen in Funchal zum Opfer gefallen ist. Jemand hat ihm zuerst ausgeraubt und dann die Mauer runtergestoßen."

„Pass auf, was du sagst, Jorge", rief einer der Umstehenden und lachte.

„Ach was", sagte Jorge und zündete sich eine Zigarette an – er war Kettenraucher und schwor Stein und Bein, dass dieser Umstand daran schuld war, dass er nun schon so lange lebte. „João ist in Ordnung. Wie gesagt, ich kenne ihn seit er so war und am Schürzenband seiner Mutter ..."

„Jaja", unterbrach João ihn. „Aber eins verstehe ich immer noch nicht. Was hat Sabrina denn davon oder ihre Familie, wenn Peter so mies um die Ecke gebracht worden wäre?"

„Das musst du sie schon selbst fragen", brummte Jorge. „Feine Leute wollen immer gut dastehen, wenn ihnen was passiert, dann sind immer die anderen schuld, nie sie selbst. Aber merke dir eins, mein Sohn. Der Dreck der feinen Leute übertrifft unseren gewaltig. Je feiner die Familien, desto mehr haben sie zu verbergen. Außerdem", fuhr er fort und ließ João dabei nicht aus den Augen, „wissen wir alle, dass der Cousin deiner Freundin vom Festland bei der Polizei in Funchal ist. Ja, da staunst du, was?"

João schwieg.

Vielleicht war es ganz gut, wenn er schon beim ersten Gespräch merkte, wie ungeeignet er für den Job als

Schnüffler war. Er konnte Manuel mit gutem Gewissen davon erzählen, dass er sofort enttarnt worden war.

„Lass die Polizei ihre Arbeit machen und mach du die deine", sagte Jorge ungewöhnlich ernst. „Hast du heute schon eine Einladung zum Mittagessen? Nein? Dann komm mit zu mir nach Hause, Mariana, meine Schwiegertochter kocht vorzüglich."

„Das ist sehr nett von dir, Jorge..." setzte João an, aber der alte Mann unterbrach ihn.

„Keine Widerrede. Wann kommst du schon mal hier heraus. Kann gut sein, dass ich das nächste Mal unter der Erde bin."

„Das sagst du immer."

„Ist es deshalb weniger wahr. Jeder Tag kann der letzte sein, und so jung wie heute, treffe ich dich nie wieder. Also mach mir die Freude und komm mit."

João gab nach. Er freute sich plötzlich auf ein gutes ländliches Mittagessen, Sopa de Trigo, vielleicht ein schönes Stück Fleisch, Kartoffeln und Gemüse dazu. Zum Nachtisch Kuchen oder einen Likör. Oder beides. Das war auf jeden Fall besser als in der Gegend herumzufahren und für Manuel den Schnüffler zu spielen. Nur gut, dass er zuerst an den alten Jorge geraten war. Der nahm so leicht nichts übel und sorgte dafür, dass auch die anderen die misslungene Schnüffelei nicht in den falschen Hals bekamen.

Das Lob, mit dem Jorge seine Schwiegertochter bedacht hatte, war keine Übertreibung gewesen. Zwar gab es statt der erwarteten Sopa de Trigo eine kräftige Fischsuppe, aber die schmeckte ausgezeichnet und war voller selbstgezogenem Gemüse.

„João", sagte Jorge, nachdem Mariana und Clara jede in eine andere Richtung verschwunden waren und die beiden Männer sich gemütlich mit ihrem Likör und dem

Bica in den Garten verzogen hatten. „João, du musst nicht für andere die Drecksarbeit machen. Schon als kleiner Junge warst du so, viel zu gutmütig. Lass es bleiben, sage ich dir. Keiner dankt dir, wenn du etwas rausfindest. Sie wollen dich nur für ihre Zwecke einspannen."

„Du hältst wirklich nicht viel von Sabrinas Familie, oder?", fragte João schläfrig in die Sonne blinzelnd, die mittägliche Stille in dem kleinen Gärtchen genießend. So war es in Funchal nie, immer dröhnte irgendwo ein Motor, am Hafen tat sich was oder Menschen gingen an Joãos Grundstück vorbei.

„Reiche Leute sind nicht umsonst reiche Leute", fing Jorge wieder mit seiner Litanei an. „Seit Generationen sind sie darin geübt, alles Unangenehme auf andere abzuwälzen und wenn du zu dicht an sie rangehst, bekommst du 's ab. Ich hab dich gewarnt."

„Wie steht denn Sabrina zu ihrer Familie?", fragte João als hätte er den alten Mann nicht gehört.

Der seufzte ergeben. „Du kannst es nicht lassen. Na schön, jeder muss seine eigenen Erfahrungen machen. Sabrina tut, was man ihr sagt. Sie hat einen Mann von hier geheiratet, das war das letzte Mal, dass sie gegen die Etikette ihrer Familie verstoßen hat, und man hat ihr nicht verziehen. Bis heute nicht."

„Weißt du, was sie der Polizei gesagt hat?" fragte João aus reiner Neugierde weiter.

„Nein", sagte Jorge. „Sicher weniger als einer, dessen Freundin die Cousine des Comissários ist, der den Mörder finden soll."

João lachte. „Also gut, der Comissário hat mich wirklich gebeten, mich umzuhören. Sabrina als Schwester der Frau des Toten interessiert ihn besonders, weil sie so heftig darauf bestanden hat, dass Peter einem Verbrechen

39

zum Opfer gefallen ist. Sie hat die Polizisten beschimpft, gesagt, sie sollen gefälligst ihre Arbeit machen, und nicht anständige Leute mit dummen Fragen belästigen."

Jorge lachte laut. Ihm schien das ganze einen Höllenspaß zu machen.

„Oh ja", gluckste er, „Sabrina kann schimpfen wie ein Waschweib. Das ändert aber nichts daran, dass sie eine brave Tochter aus gutem Hause ist, eine brave verstoßene Tochter. Sie reden schon noch mit ihr, so ist es nicht, und laden sie auch zu Familienfeiern ein und so, trotzdem lassen sie sie bei jeder Gelegenheit fühlen, dass sie einen unverzeihlichen Fehler begangen hat."

„Einen Mann vom Land zu heiraten?", fragte João, obwohl er die Antwort kannte.

„Natürlich", nickte Jorge. „Sie hatten für sie schon einen Chefarzt oder sowas ausgesucht, irgendein hohes Tier, ein paar Jahre älter wie sie. Und dann kam sie mit einem Bauern daher. Na, da war was los, kann ich dir sagen. Mit Enterbung haben sie ihr gedroht. Haben sie dann doch nicht gemacht, aber sie lassen sie immer spüren, dass sie durch ihre Heirat an Wert verloren hat. Und jetzt will ihr Vater, irgendeinen Raubmörder finden, der seinen wunderbaren Schwiegersohn umgebracht hat."

„Warum sind sie eigentlich so verliebt in diesen toten Amerikaner?"

Jorge schnaubte gereizt. „Habe ich dir doch gesagt. Der war Professor Doktor oder sowas. Ein feiner Kerl, wirklich. Auch solche können feine Kerls sein. Denen ging es aber gar nicht um ihn. Die haben nur an ihren Status gedacht."

„Verstehe. Ein Professor Doktor der Meeresbiologie, und sei er auch Amerikaner, sieht als Schwiegersohn einfach besser aus als ein Bauer aus São Vicente. Und ein Selbstmörder sieht nie gut aus."

„Endlich hast du's kapiert. Darauf trinken wir noch einen."

Nachdem sich João von dem alten Mann verabschiedet und versprochen hatte, das nächste Mal seine Freundin vom Festland, mitzubringen, fuhr er auf direktem Weg zurück nach Funchal. Was er heute erfahren hatte, hatte ihm jegliche Lust darauf genommen, Sabrina und ihre Familie näher kennenzulernen. Er sah ein, dass Manuel in der Klemme steckte, weil er seinem Chef einen Mörder präsentieren sollte, der nicht existierte, aber genau deshalb beschloss João, nicht weiter seine Fühler auszustrecken. Es konnte doch sein, dass Manuel in seiner Verzweiflung irgend etwas von dem, was João erfahren würde, dazu benutzte, einen Unschuldigen festzusetzen.

Ein fürchterlicher Gedanke. Auch Isabella würde einsehen, dass João Manuel unter diesen Umständen nicht helfen konnte, nicht helfen durfte.

Es war genauso, wie João es sich gedacht hatte. Am Abend als er mit Isabella telefonierte, die noch in der Redaktion war und wenig Zeit hatte, weil ein Artikel fertig geschrieben werden musste, reagierte sie gelassen auf seine Erklärung.

„Natürlich verstehe ich das. Gut, dass du diesen Jorge getroffen hast, da muss Manuel selbst sehen, wie er mit seinem Chef fertig wird. Danke jedenfalls, dass du dich drum gekümmert hast."

„Du bist wirklich nicht böse, wenn ich nichts mehr mache?", fragte João.

„Überhaupt nicht. Ich rufe Manuel morgen an und erkläre ihm alles. Tut mir leid, dass ich dich da reingezogen habe."

„Du wolltest doch nur Manuel helfen."

„Ja, klar. Sei mir nicht böse, ich muss weiter arbeiten. Morgen rufe ich dich an. Beijo, amor."

„Beijo. Ich liebe dich", sagte João. Er war froh, dass Isabella es so gut aufnahm. Gleichzeitig spürte er vage die Angst, dass er sich jetzt seinen Problemen stellen musste. Seit seiner überstürzten Abreise hatte er nichts mehr von Dave Miller gehört und ihm war bewusst, dass es an ihm war, sich zu melden. Nichts war João mehr verhasst als jemandem nachzulaufen. Er beschloss noch mindestens einen Monat zu warten, bevor er Dave anrufen würde.

Tiefer, als er sich selbst gegenüber zugeben wollte, traf ihm das kühle Benehmen Daves. Seit der Vernissage hatte João keinen Tag ohne quälende innere Fragen verbracht. Hatte er, ohne es zu merken und zu wollen, sich in eine Abhängigkeit zu Dave manövriert und seine gesamte Karriere an diesem einen Mann aufgehängt?

Das durfte nicht sein. Er musste andere Verbindungen aufbauen, sein angefangenes Projekt weiterführen.

Nach den Blumen und Schmetterlingen hatte João sich die Unterwasserwelt vornehmen wollen, sein Plan war es gewesen, mit einer Unterwasserkamera Fotos zu machen und nach ihnen zu arbeiten. Er war fasziniert von den großen, schwarzen Mantas, die hier eine Flügelspannweite von vier Metern erreichten. Wenn ein solches Tier sich einem beim Tauchen näherte, wurde es dunkel und merkwürdig strudelnde Strömungen entstanden. Beim Manta traf die Bezeichnung Fliegen besser als Schwimmen. Wie riesige Flugsaurier glitten sie durch das Wasser, ihre Flügel trieben sie schnell und wendig voran.

Noch war sich João nicht im Klaren, wie er das Problem der Abbildung lösen sollte. Ein Bild für sein Lieblingsmeerestier – außer den Delfinen natürlich – konnte ja nicht nur schwarz sein, gleichzeitig wollte er aber den Eindruck, den die riesigen Tiere erweckten, wenn sie wie eine schwarze Wolke auftauchten.

Es war lächerlich, wenn er zögerte, nur weil Dave ihm den Wind aus den Segeln genommen hatte. Er verhielt sich wie ein verwöhnter Schuljunge, der immer nur gute Noten bekam und bei der ersten, leisesten Kritik seiner Lehrer zusammenbrach. Was hatte Dave schon gesagt? Dass es solche Bilder schon gab und dass sie nicht leicht zu verkaufen sein würden. Wenn João jetzt aufgab, hatte er Wochen umsonst gearbeitet. Der vollständige Zyklus war noch lange nicht fertig. Es fehlten noch die Tiere des Wassers und auch viele der Luft. Was ihm vorschwebte, war eine Art Tier- und Pflanzenlexikon auf einzelnen Leinwänden und Hölzern, das keinen Anspruch auf Vollständigkeit erhob, und nur die Arten zeigte, die João besonders mochte.

Es war seine Welt, gesehen mit seinen ins Detail verliebten Augen. Wenn er jetzt kniff, weil er Angst hatte zu scheitern, würde es diese Welt niemals geben, würde sie für immer im Verborgenen bleiben.

Aber sie war reif, sich zu zeigen! Wenn er aufhörte, an dem Zyklus zu arbeiten, würde etwas zu faulen beginnen in ihm. Er spürte das.

Was andere Sturheit nannten, war für ihn schlichte Notwendigkeit. Er hatte die Wahl. Entweder innere Fäulnis oder die Arbeit an etwas, das ans Licht drängte.

Er packte seine Tauchsachen zusammen und fuhr am frühen Morgen nach Caniço de Baixo, wo die Tauchbasis lag, von der aus er immer seine Tauchgänge unternahm. Der Betreiber dort, ein Engländer namens George, war im Laufe der Jahre ein guter Freund geworden.

„Hey", rief George, als João von der Suzuki stieg. „Wieder mal Tauchen?"

„Klar. Hab sogar die Kamera dabei."

„Wow. Zeig mal." George nahm den wasserdicht verpackten Apparat prüfend in die Hand. „Gar nicht so leicht, das Ding. Was willst du damit machen?"

„Fotos für meinen Unterwasserzyklus. Ich weiß noch nicht, wie ich das mit dem schwarzen Manta hinkriege."

„Was meinst du?", fragte George interessiert. „Setz dich. Ich habe auch noch Empanadas da."

Die beiden Männer frühstückten und João erklärte George, dass er zwanzig oder sogar dreißig Tierarten malen wollte, alle streng nach Fotos von der Unterwasserkamera. Bei Papageienfischen und ähnlichem gab es keine Probleme, mit dem gewaltigen schwarzen Manta, der hier an der Küste vorkam, war es etwas anderes.

"Die Bewegungen", sinnierte George. „Du müsstest irgendwie die Bewegungen, das Kräuseln des Wassers einfangen. Dieses Gefühl, wenn er näher kommt, die Wellenbewegungen, die dem vorausgehen."

João nickte und schaute auf das ruhig in der Morgensonne liegende Meer. Von hier aus waren die Desertas, drei unbewohnte vor der Südküste Madeiras liegende Inseln, die unter Naturschutz standen, klar zu erkennen.

„Ja", sagte er langsam. „Wie klein der Mensch gegen sie ist, die Mantas, meine ich. Vielleicht werde ich ein Bein von einem Taucher dazu malen, irgendetwas für den Größenvergleich. Und wie du gesagt hast, diese Wirbel, die müssen auch drauf. Ich weiß nur noch nicht wie."

„Da fällt dir schon was ein", sagte George. Erst fünf Jahre kannten sie sich jetzt, aber es kam ihnen beiden so vor, als wären sie miteinander aufgewachsen. Ungefähr gleich alt, beide groß und schlank mit blaugrauen Augen, hätte man sie für Brüder halten können.

„Hoffentlich."

„Ich kann heute nicht mitkommen. Schau nachher kurz rein, bevor du gehst, wenn du noch Zeit hast, können wir die Fotos schnell mit dem Beamer durchchecken. Vier Augen sehen mehr als zwei."

Ein paar Stunden später war João ganz zufrieden mit dem Tag. Er hatte Fotos von Papageienfischen, Zackenbarschen und mindestens zwanzig weiteren Fischarten im Kasten, dazu Aufnahmen von einer Mönchsrobbe, auf die er stolz war. Die meisten Fotos hielten der Vergrößerung mit dem Beamer mühelos stand, waren kristallklar und die Farben brillant. Es hatte sich doch gelohnt, die teurere Variante der Unterwasserkamera zu kaufen. Isabella hatte ihm dazu geraten.

„Spar nicht bei sowas", hatte sie gesagt. „Du ärgerst dich hinterher nur."

Er war ihr dankbar und sich dazu, weil er auf sie gehört hatte.

„Die Mönchsrobbe ist super", sagte George. „Die sanften Augen, unglaublich. Das werden tolle Bilder, ich freue mich schon." João atmete hörbar aus. „Was ist?", fragte George. „Bist du nicht zufrieden mit den Fotos?"

„Doch, doch", sagte João. „Nur weiß ich nicht, wie es weitergehen soll mit mir und meinem amerikanischen Vermarkter."

„Vermarkter", wiederholte George gedehnt. „Was ist der eigentlich wirklich? Du hast keinen Vertrag mit ihm, oder?"

„Nein."

„Mensch, das gibt es doch nicht. Ein Künstler von deinem Format braucht eine Agentur, die ihn vertritt. Einen Agenten seines Vertrauens, nicht so ein Windei wie diesen Amerikaner."

„Agenturen wollen Prozente."

„Ja, verdammt, so ist das Geschäft. Aber schau mich an. Wenn ich nicht mit Reiseveranstaltern zusammenarbeiten würde, wo wäre ich dann? Okay, lässt sich vielleicht nicht vergleichen, aber es ist wohl klar, dass du ohne professionelle Hilfe in Zukunft nicht auskommen wirst. Du kannst dich nicht auf Fernando hier und diesen Amerikaner verlassen, wie heißt er noch?"

„Dave", sagte João und sah gelangweilt aus dem Fenster. Sie hatten diese Diskussion schon öfter geführt, immer mit demselben Ergebnis. João weigerte sich, einen Agenten zu suchen, der ihn vertrat und dafür sorgte, dass er Ausstellungen bekam. Er wollte ohne dieses profane Geschäft auskommen, mit eigener Zähigkeit und der Hilfe von Freunden wie Dave. Ohne Verträge, ohne Absicherung.

„Lass es gut sein", sagte er. „Vielleicht hast du sogar recht. Aber es will mir einfach nicht in den Kopf, dass ein Künstler heutzutage sich mit Verträgen an einen Agenten fesseln muss. In mir sträubt sich alles dagegen."

„Das spricht ja auch für dich, und die letzten Jahre lief es ja super, aber jetzt musst du dich von diesem amerikanischen Milliardär verabschieden. Wie ich die Sache sehe, warst du für ihn ganz interessant, und das ist vorbei. Jetzt geht es darum, selbst deine Karriere in die Hand zu nehmen."

„Willst du mein Manager werden?", fragte João freundlich.

„Du nimmst mich nicht ernst."

„Doch, tue ich. Wie soll ich es dir bloß erklären? Stell dir vor, ich bin ein alter Saurier, der sich nicht anpassen kann. Ich fühle mich in dieser Welt von Agenten und Agenturen sowas von fehl am Platz, ich kann dir gar nicht sagen, wie sehr."

George gab auf. „Okay. Die Fotos sind aber wirklich

super. Übrigens hat mich deine Mutter angerufen und für Freitag eingeladen. Sie fragte, ob ich meine Freundin mitbringen will, und ich hab nur gesagt, dass sie keine Zeit hat. Ich kann ihr ja schlecht erzählen, dass Angelica, die deine Mutter kennt, Schnee von gestern ist, und ich jetzt mit Gabriela zusammen bin."

Georges Frauengeschichten waren ein unerschöpfliches Thema zwischen ihnen. Der Job eines Tauchlehrers schien, was Frauen anbelangte, äußerst ergiebig zu sein. Dabei war Geoge nicht oberflächlich. Nie war die Richtige dabei, beteuerte er seinem Freund treuherzig.

„Meine Mutter weiß, was für einer du bist. Deshalb mag sie dich."

Völlig erschöpft schleppte sich Cynthia den steinigen Bergpfad hinauf zu ihrer Hütte unter den Redwoods. Acht Stunden Autofahrt, ihr Schädel brummte, und sie sehnte sich nach ihrem Bett. Die ganze, viel zu weite Fahrt in den Süden zu diesem bedauernswerten Subjekt war eine Schnapsidee gewesen. Etwas, das sie sich getrost hätte sparen können. Ihre verdammte Leichtgläubigkeit gepaart mit wilder Hoffnung, Beweise für einen Mord an Peter zu entdecken, hatten sie alle Kritikfähigkeit verlieren lassen. Wie eine Marionette an Fäden hatte sie sich ins Auto gesetzt und war dem verführerischen Ruf aus Santa Monica gefolgt. Sie fühlte sich wie nach einer durchzechten Nacht, voller Reue und Zerknirschung.

Noch mal passiert mir das nicht, schwor sie sich und betrat die kleine Holzhütte, die ihr Zuhause war. Sie hackte noch in ihrer dicken Jacke auf der Küchenanrichte ein paar Späne. Anmachholz für ein wärmendes Feuer. Der Ofen war ihre einzige Heizung. Als das Feuer im Ofen knisterte, holte sie selbst gebackenes Brot, Butter und Käse aus dem Küchenschrank und setzte sich zu einem kräftigen Frühstück.

Der Mann ging ihr nicht aus dem Kopf. Hatte gefaselt von kerngesunden Tieren, die plötzlich gestorben waren, von Drohungen der Geschäftsleitung ihm gegenüber, und natürlich von der Flucht, seiner Flucht, Hals über Kopf in den Süden. Flucht wovor, fragte sie sich. Ihr kam der Mann reichlich paranoid vor, ein Trinker, vielleicht nahm er auch andere Drogen, litt unter Halluzinationen. Er hatte darauf bestanden, dass Peters Tod etwas mit den merkwürdigen Vorgängen am Institut, von denen er ihr mit weit aufgerissenen Augen berichtete, zu tun haben musste. Er war ihr unangenehm nahe gekommen, hatte sie am Ärmel gepackt, und sie hatte sich große Mühe gegeben, sich ihren Ekel vor ihm nicht anmerken zu lassen.

Er tat ihr leid, ein armer Teufel, dem keiner half und der sich einbildete ihr helfen zu können, einen Mord aufzuklären, den Mord an Peter. In einem Punkt glaubte sie ihm. Er hatte Peter gemocht, hatte gerne mit ihm geplaudert und war ehrlich betroffen über dessen Tod. Angeblich hatte auch Peter etwas bemerkt, Meeressäuger waren operiert worden, ohne Grund.

In ihr legte sich etwas quer. Was wusste dieser ehemalige Tierpfleger schon, dieser versoffene Tippelbruder? Sie hatte Peter lange gekannt und nie, wirklich nie, hatte er ihr von mysteriösen Machenschaften im Zusammenhang mit den Meeressäugern erzählt.

Sie beschloss, schlafen zu gehen und das ganze einfach zu vergessen. Aber als sie wieder erwachte, fiel ihr noch im Bett liegend das Aufnahmegerät ein, und sie dachte, dass es nicht schaden konnte, wenn sie sich anhörte, was es aufgezeichnet hatte.

In der Hütte war es mittlerweile angenehm warm

geworden, das Holz glühte im gusseisernen Ofen und verbreitete einen Waldduft. Nur mit ihrem Morgenmantel bekleidet setzte sie sich an den Tisch und stellte den Minirecorder vor sich hin.

An der Tür kratzte es. Mr. Smith war von seiner ausgedehnten Tour zurück. Schnurrend kam er herein, rieb sich an Cynthias Beinen und sie nahm ihn hoch und drückte seinen massiven, kleinen Körper fest an sich. Sein Schnurren wurde lauter, dann aber zeigte er kurz seine Krallen und ihr damit an, dass sie genug Zärtlichkeiten ausgetauscht hatten und es nun Zeit für sie war, für sein leibliches Wohl zu sorgen.

„Ich dachte, du hast dir schon den Bauch mit Mäusen vollgeschlagen", brummte sie und öffnete folgsam eine Dose Thunfisch.

Er gab keine Antwort, schlang sein Fressen in sich hinein und sprang anschließend auf das alte, rotsamtene Küchensofa, wo er sich zu einer blaugrauen Kugel zusammen rollte.

„Du hast es gut", sagte Cynthia zu ihm. „So gut wie du möchte ich es auch mal haben."

Mr. Smith hatte nicht immer ein so sorgenfreies und glückliches Leben geführt wie jetzt. Er war ein armes, halb verhungertes Kätzchen gewesen, das trotz seiner auffälligen rauchblauen Färbung und dem schönen, weißen Brustfleck niemand in Cynthias damaliger Nachbarschaft hatte zu sich nehmen wollen. Zuerst hatte sie ihm nur etwas Fressen hinstellen wollen. Als Schriftstellerin war sie viel auf Reisen und konnte sich deshalb keine Katze anschaffen.

Aber der kleine Kater hatte seine eigenen Pläne mit ihr gehabt und sich bei den häufiger werdenden Fütterungs-aktionen unbemerkt in ihr Herz geschlichen, bis sie eines Morgens einfach die Tür für ihn offen ließ und er wie selbstverständlich in ihre Wohnung schlüpfte.

Von da an waren sie ein Team. Auch Peter hatte Mr. Smith geliebt, er war es gewesen, der dem Kater den würdevollen Namen gegeben hatte.

„Er hat etwas Distinguiertes an sich, vielleicht hat er einen Kartäuser unter seinen Vorfahren, so blau wie sein Fell ist", hatte Peter, der Biologe, gesagt und vorgeschlagen, den Kater „Mr. Smith" zu nennen. Gewöhnlich ungewöhnlich, genau wie Mr. Smith selbst, der aussah wie eine von einem Kind in seiner Lieblingsfarbe angemalte normale Hauskatze, bei der vorne auf der Brust ein großer Fleck weiß geblieben war.

Jour Fixe

Der Jour Fixe bei Anne Freitas war eine feste Einrichtung auf Madeira. An jedem dritten Freitag eines Monats traf sich eine bunte Gesellschaft in Annes Wohnzimmer, das für diese Zwecke wie gemacht schien. Der Raum war fast quadratisch, bot eine fantastische Aussicht über die Stadt und jede Menge Platz für Gäste. Anne hatte mit dem Jour Fixe vor vielen Jahren angefangen, damals als sie neu auf Madeira gewesen war und João und seine Schwester noch nicht geboren. Seither hatte es nie einen Grund gegeben, mit dem Jour Fixe wieder aufzuhören.

Wann immer Anne auf ein neues Gesicht in der übersichtlichen Gesellschaft Madeiras aufmerksam wurde, lud sie den oder die Betreffende zu sich ein. Früher oder später fanden so Wissenschaftler und Künstler, Manager und Medienleute, Etablierte und Nochnichtetablierte zusammen, tauschten Inselklatsch und Neuigkeiten aus und wirkten an dem unsichtbaren Netzwerk mit, das die ganze Insel überzog und an dem niemand, der sich hier dauerhaft niederlassen wollte, vorbeikam.

João war - wie meistens - zu spät, und aus dem Salon seiner Mutter drang ein Summen von Stimmen, als er sein Elternhaus betrat. Er liebte dieses Haus hoch über Funchal, an der Grenze zu Monte. Im Sommer war es hier deutlich kühler als unten in der Stadt. Sein eigenes Haus lag ein wenig tiefer am gleichen Hang, und er hatte es gekauft, weil er an die wunderbar kühle Brise gedacht hatte, die er so oft auf der Terrasse und im ganzjährig prächtig blühenden Garten seiner Eltern genossen hatte.

Vorsichtig öffnete João die angelehnte Tür zum Wohnzimmer und wurde sogleich von seiner Mutter erspäht, die ihm winkte und ein Zeichen machte, zu ihr

und dem älteren Mann zu kommen, der neben ihr stand.
João küsste seine Mutter zur Begrüßung und streckte dem
Mann die Hand hin. „Hi Mom. Tut mir leid, dass ich so
spät bin. Hallo Ronaldo. Wie geht's, was macht die
Kunst?"
Der alte Mann lächelte und legte João fast zärtlich den
Arm um die Schulter. Anne sah es mit stiller Freude.
„Anne", rief Ronaldo. „João sieht wieder großartig aus!
Das hat er von dir, mein Schatz."
Anne lächelte geschmeichelt. Der alte Dichter war das
Glück ihrer späten Jahre. Nachdem er ihr lange, lange
den Hof gemacht hatte, und sie das Ganze für
bedeutungslose Galanterie gehalten hatte, war ihr Mann
gestorben, und Ronaldo hatte taktvoll auch noch das
Trauerjahr abgewartet. Dann aber hatte er ihr seine große,
unglückliche Liebe gestanden, und sie waren das
bezauberndste Liebespaar geworden, das João kannte.
Anne mit ihrem zarten englischen Teint, den großen
blaugrauen Augen, die forschend in die Welt blickten und
die sie João vererbt hatte und den mittlerweile silbrig
ergrautem Haar war das Bild einer englischen Lady.
Jedoch hätte sich Ronaldo nicht so unsterblich in sie
verliebt, wenn ihr gutes Aussehen, sie war jetzt Ende
sechzig, ihre einzigen Qualitäten gewesen wären. Anne
war Ärztin, Allgemeinmedizinerin, eine ausgesprochen
tüchtige dazu, die noch immer praktizierte, und sich auch
nicht scheute, Hausbesuche mit dem Auto in den Bergen
um Funchal zu machen.
„Du machst meinen Sohn noch ganz eingebildet", sagte
sie lächelnd zu Ronaldo, aber er und auch João wussten,
dass Anne diejenige war, die sich nicht vorstellen konnte,
dass es irgendeine Frau auf dem Planeten geben könnte,
die in der Lage war, João zu widerstehen.
„João, darf ich dir Raphaela Soares vorstellen. Sie ist

Professorin für Biologie an der hiesigen Universität. Und das ist Susanna Ferreiras, eine Kollegin von mir. Beide sind neu in unserem Kreis. Raphaela, Susanna, das ist mein Sohn João."

Anne hatte ein gutes Gespür für die Auswahl der Gäste. Nur dieses Mal, dachte João als er den beiden Frauen die Hand gab, war ihr ein Fehler unterlaufen. Es lag Konkurrenz in der Luft, die Spannungen waren mit Händen zu greifen, und João wunderte sich.

„Wir sprachen gerade über ein faszinierendes Thema", sagte Ronaldo als hätte er Joãos Gedanken erraten. „Delfine. Raphaela hat über sie geforscht und meine Leidenschaft für sie kennst du ja. Susanna als Neurologin hat eine ganz andere Meinung dazu, und sie war gerade dabei, sie uns zu erklären, als du kamst."

„Bitte", sagte João höflich zu Susanna, einer attraktiven Enddreißigerin, „ich wollte Sie nicht unterbrechen. Bitte lassen Sie mich auch hören, was Sie über Delfine wissen. Es gibt kaum ein Thema, das mich mehr interessiert."

Das klang nach Smalltalk, war aber nicht gelogen, wie Anne und Ronaldo wussten.

Susanna lächelte João strahlend an. „Ich fürchte ich spreche Fachchinesisch, und es liegt mir auch fern, Ihnen zu nahezutreten. Auch ich mag Delfine, aber vom wissenschaftlichen Standpunkte aus betrachtet, sind sie lange nicht so intelligent, wie die meisten Leute denken."

Susanna hatte das Interesse des Kreises, zu dem sich inzwischen noch einige alte Hasen des Jour Fixe gesellt hatten, geweckt, und alle Blicke waren auf sie gerichtet. João merkte, wie es in der neben ihm stehenden Raphaela brodelte.

„Delfine haben ein großes Gehirn", dozierte Susanna, „doch das bedeutet nicht, dass sie intelligent sind. Gehirne sind nämlich nicht alle gleich aufgebaut. Unsere haben sehr viele Neuronen, welche für die Informationsvermittlung zuständig sind. Delfingehirne haben mehr Gliazellen, die zwar auch Informationen verarbeiten können, aber nicht so gut wie die Neurone. Dafür bilden Gliazellen Haltestrukturen, Stütz- und Isolationsgewebe, was ein Meeressäuger, der nicht wechselwarm ist wie ein Fisch, im kalten Wasser braucht."

Raphaela lachte, es klang nicht besonders freundlich.

„Sie wollen doch nicht im Ernst behaupten, dass Delfine ihr Gehirn aus thermalen Gründen haben."

„Genau das will ich. Delfine sind nicht intelligenter als andere Tiere. Sie sind sogar manchmal dümmer", fuhr Susanna ungerührt fort. „Delfine kann man durch ganz niedrige Zäune voneinander trennen, es reicht eine Barriere, die sie leicht überspringen könnten, aber sie tun es nicht, weil sie einfach nicht darauf kommen."

Ronaldo blickte in die Runde. „Das ist mal etwas Neues, oder?", fragte er und breitete die Arme aus. „Unsere geliebten Delfine sind doof."

Alle lachten.

Anne wandte sich an Raphaela, der, wie João erkannte, mehr ihr Herz gehörte als Susanna. „Was meinen Sie als Meeresbiologin dazu?", fragte Anne, und João horchte auf. Meeresbiologin. Raphaela hatte den gleichen Beruf wie der Tote unter dem Jardim Botanico.

„Natürlich bin ich ganz anderer Ansicht, ich habe seit ich angefangen habe, sie zu studieren nicht mehr aufgehört, über sie zu staunen. Es gibt so viele Dinge, die mich an ihnen begeistern. Wussten Sie zum Beispiel, dass Delfine verletzte Artgenossen stützen, sie von unten halten, damit sie Luft bekommen? Es gibt Filmaufnahmen darüber, es ist unglaublich zu sehen, welche Mühe sie sich geben, einen Verletzten zu retten. Das lässt sich nicht erklären, indem man sagt, es ist einfach ein Instinkt. Die Filmaufnahmen, die ich gesehen habe, zeigten eine große Gruppe von Delfinen, über vierhundert, von denen sich circa zwanzig entfernten, um einen verletzten Delfin zu stabilisieren. Sie hatten keinen Erfolg mit ihrer Aktion, und nach einer Stunde sank der Delfin und erstickte, aber sie haben es getan. Dann gibt es viele, viele Geschichten von Delfinen, die Menschen helfen, sie vor dem Ertrinken retten. Das ist alles wahr."

Susanna wollte zu einer Erwiderung ansetzen, aber Anne wusste das mit einem Hinweis auf das jetzt eröffnete kalte Buffet zu verhindern, und die kleine Gruppe zerstreute sich. Zurück blieben Anne, João und Raphaela.

„Sie sind Meeresbiologin, haben Sie gesagt. Was ist ihr Fachgebiet? Delfine?", fragte João.

„Nicht nur. Ich beschäftige mich mit allen Meeressäugern, Delfinen, Walen, Robben, Seelöwen und so weiter. Mein Spezialgebiet ist ihr soziales Verhalten in der Gruppe. Aber promoviert habe ich tatsächlich über ein Thema, das mit Delfinen zu tun hatte."

„Und was war das?", fragte João neugierig.

„Delfine erkennen ihre Mutter am Pfiff, und sie haben eigene Namen. Sie haben sogar eigene Sprachen. Mit diesen Pfiffen habe ich mich beschäftigt", sagte Raphaela bescheiden.

João dämmerte, warum seine Mutter die Biologin ins Herz geschlossen hatte. Sie schien eine warmherzige Frau zu sein, er schätzte sie auf Mitte vierzig, groß gewachsen und schlank, fast ein wenig zu groß für eine Frau, sicher über ein Meter fünfundachtzig.

„Können Sie gut schwimmen?", fragte er und fing einen belustigten Blick seiner Mutter auf.

„Nicht besonders gut. Sie meinen, weil ich mit Delfinen gearbeitet habe? Das meiste machen wir vom Boot aus, teilweise bestücken wir sie mit Sendern, die uns ihren Aufenthaltsort anzeigen. Wenn wir mit ihnen mitschwimmen wollten, wären wir in Nullkommanichts erledigt. Sie schwimmen um die sechzig Kilometer jeden Tag in freier Wildbahn. Da kann man sich vorstellen, was für eine Quälerei es ist, sie in einem engen Becken zu halten."

„Ich lasse euch mal allein", sagte Anne, die gesehen hatte, dass George hereingekommen war. Sie hatte eine Schwäche für Joãos Taucherfreund, der ihr immer Blumen mitbrachte.

„Wollen wir uns nicht setzen?", fragte João Raphaela und beschloss ihr reinen Wein einzuschenken. „Es ist merkwürdig. Der Cousin meiner Freundin, er ist Polizist hier, hat mir erzählt, dass ein toter Meeresbiologe in Funchal aufgefunden wurde, und jetzt erfahre ich von Ihnen, dass auch Sie Meeresbiologin sind. Komischer Zufall, nicht wahr? Kannten Sie Peter Keller etwa?"

Sie nickte. „Ja, von meiner Zeit in Kalifornien her. Hier haben wir uns nicht getroffen. Ich bin erst vor ein paar Wochen nach Funchal gekommen."

„Was war denn ihr Eindruck von Peter? Oh, entschuldigen Sie. Sie haben gar nichts zu trinken. Kann ich Ihnen etwas holen?"

„Nur, wenn Sie für sich auch etwas mitbringen. Ich hätte gern ein Glas Weißwein."

„Kommt sofort."

„Peter Keller", begann sie, als er mit den gefüllten Gläsern zu ihr zurückkam, „war ein sehr lieber Kollege. Hilfsbereit, freundlich, aufgeschlossen. Er arbeitete schon als ich ihn kennenlernte zum Thema Bewusstseinsforschung, und es war ihm immer ganz wichtig, dass die Tiere schonend und respektvoll behandelt wurden. Es hat sogar einmal einen kleinen Eklat gegeben, weil er sich gegen Tierversuche engagiert hat. Das alles ist schon sehr lange her, aber ich glaube er hat damals an einer Demonstration teilgenommen und dort auch als Mitarbeiter des Instituts gesprochen. Die Nachricht von seinem Tod war ein Schlag für mich."

„Waren Sie richtige Freunde?", fragte João und machte sich keine Gedanken darüber, ob Raphaela dieses Nachbohren unangenehm sein könnte.

„Richtige Freunde, was ist das?", sagte sie und lachte unsicher. Er hatte in diesem Moment den Eindruck, dass sie kein Mensch war, der sich leicht mit anderen anfreundete. Dafür konnte sie messerscharf beobachten, Tiere wie Menschen, und genau das wollte er sich zunutze machen. Vielleicht konnte er für Manuel doch noch ein paar Dinge herausfinden.

„Wie gesagt", sagte Raphaela, obwohl sie gar nichts dergleichen gesagt hatte, „wer kennt schon einen Menschen wirklich. Peter hatte durchaus Feinde."

„Feinde?" João nahm einen Schluck Weißwein und sah Raphaela gespannt an.

Die zuckte mit den Schultern. „Gott ja, Kollegen, die Peters Umweltschutz nicht so toll fanden, Menschen, denen er auf die Füße getreten ist. Sie meinen doch nicht etwa..."

„Dass diese Feinde Peters seine Mörder sein könnten?", fragte João seelenruhig.

Sie lächelte. „Sie führen sich auf wie in einem Krimi. Niemand von diesen Feinden, wenn es überhaupt welche waren, wohl eher Gegner, würde so weit gehen, Peter zu ermorden."

„Wie können Sie sich da so sicher sein? Sie haben doch gerade selbst gesagt, dass man den anderen niemals wirklich kennt. Und wir sprechen von einem unüberschaubaren Kreis von Menschen, auf der ganzen

Welt verstreut, nehme ich an."

„Verhören Sie mich?"

João blieb ganz ernst. „Wenn Sie so wollen. Ich versuche nur, mir ein Bild zu machen. Zunächst hat mich das alles nicht besonders interessiert. Ich wollte nur meiner Freundin, beziehungsweise ihrem Cousin helfen. Dann erfuhr ich vom Beruf des Toten, seinen familiären Hintergründen, und jetzt von Ihnen, dass er sich Feinde gemacht hat. Ich bin Maler und Taucher und liebe das Meer und alle Tiere, die darin herumschwimmen. Bei dem Gedanken, dass jemand diesen engagierten Wissenschaftler getötet hat, weil er ihm im Weg war, kann ich nicht ruhig bleiben."

„Aber was wollen Sie machen?"

„Nichts. Mich mit ihnen unterhalten. Dem Cousin meiner Freundin erzählen, was ich erfahren habe. Weiter nichts. Schließlich bin ich kein Polizist."

„Ich weiß aber nichts", sagte Raphaela bekümmert.

„Sie haben gesagt, er hat sich mit Bewusstseinsforschung befasst. Was ist das?"

„Bewusstseinsforschung? Sie können Fragen stellen! Es finden Tagungen zu dieser Frage statt, dicke Bücher werden darüber geschrieben."

„Erkläre Sie es mir ganz einfach. Bitte."

„Also gut. Bewusstsein bedeutet, dass man um die eigene Existenz weiß. Normalerweise geht die Wissenschaft davon aus, das Tiere nur ganz begrenzte Bewusstseinskapazitäten haben. Voll selbst reflektierend ist angeblich nur der Mensch." Sie schnitt eine Grimasse.

„Peter war der Meinung, dass es begründeten Anlass zu der Vermutung gibt, dass Meeressäuger, insbesondere Delfine und bestimmte Arten von Walen, genauso bewusst sind wie wir. Sie kennen ihr eigenes Spiegelbild, gehen Freundschaften ein, und in ihren Hirnen laufen

58

ähnliche Prozesse ab wie bei uns. Sie sind fähig hochkomplexe soziale Gefüge zu errichten und darin zu leben, was aber das wichtigste von allem ist, sie empfinden Mitgefühl, und Peter sagte immer, sie empfinden Liebe. Da war er sich ganz sicher."

„Glauben Sie, er hat die Tiere romantisiert?"

„Romantisiert hat er sie nicht, er hat sie studiert, das ist etwas ganz anderes. Peter hat Jahrzehnte geforscht, er war anerkannt in seinem Beruf, niemand konnte ihm fachlich etwas vorwerfen. Alle Kritik ging immer nur gegen sein umweltpolitisches Engagement, nie gegen seine Thesen zum Bewusstsein von Meeressäugern. Was er publiziert hat, war stets sehr gut dokumentiert, und es wäre wirklich schwer gewesen, seine Ergebnisse zu widerlegen."

„Was Sie sagen, überzeugt mich. Nur eins verstehe ich überhaupt nicht. Wieso zieht sich ein derartig fähiger und engagierter Mann aus seinem Beruf zurück, er war ja noch nicht alt. Das ist doch absurd, finden Sie nicht?"

„Doch."

„Und was denken Sie darüber?"

„Dass ich es nicht verstehe. Was Peter tat, hatte immer Hand und Fuß, aber seine Kündigung am Institut ist einfach nur rätselhaft. Niemand hat das verstanden, aber er hat sich nicht umstimmen lassen."

„Haben Sie es denn versucht?"

„Natürlich, was denken Sie? Er hat mir vor ein paar Monaten geschrieben, dass er Kalifornien verlässt und nach Madeira geht. Für immer. Er schrieb, dass er sich darauf freute, endlich seine Ruhe vom Wissenschaftsbetrieb und den Rücksichten dort zu haben."

„Hat er Ihnen geschrieben, warum ausgerechnet Madeira?"

„Ich wusste ja, dass er Freunde hier hatte, noch aus der Ehe mit seiner Frau, die starb, bevor ich ihn traf."

João machte ein nachdenkliches Gesicht. „Ein Mann will ein neues Leben anfangen, und noch bevor es dazu kommt, wird er tot aufgefunden. Hier gibt es ein paar Leute, die daran Interesse haben es so aussehen zu lassen, als wäre der Tote von einem Raubmörder überfallen worden. Das kann ich noch weniger glauben, als dass er sich umgebracht hat."

Quatschte er zu viel? Er kannte Raphaela doch gar nicht.

„Sicher die Familie seiner toten Frau, nehme ich an", sagte Raphaela gedankenverloren. „Es sieht nicht besonders gut aus, wenn der Schwiegersohn sich umbringt."

João lachte grimmig. „Da könnten Sie recht haben. Vielleicht müsste man den Mörder woanders suchen, nicht hier. Das geht weit über meine Möglichkeiten und wahrscheinlich auch über die der hiesigen Polizei. Denn dort möchte man ja am Raubmord durch einen Täter von hier festhalten."

Jetzt hatte er definitiv zu viel gequatscht, er hätte sich auf den Mund schlagen können.

„Wissen Sie, was für mich das Schlimmst an all dem ist, abgesehen davon natürlich, dass ich einen sehr guten Freund verloren habe?", fragte Raphaela vertraulich. „Dass durch Peters Weggang die falschen Leute in Kalifornien nach oben gespült worden sind. Genau die, die ich dort niemals sehen wollte, sie wissen schon."

„Nein, weiß ich nicht", sagte João wahrheitsgemäß.

„Dann ist es auch besser, wenn es so bleibt. Darauf trinken wir. Auf die Unschuld."

War in ihrem Blick Verachtung oder Belustigung oder beides? Er hätte es nicht sagen können.

Genau in diesem Augenblick, tauchte wie ein rettender

Engel George auf, setzte sich zu ihnen und begann Raphaela mit Berichten von seinen Tauchabenteuern zu bezirzen. Dabei war sich João ganz sicher, dass Raphaela nicht der Typ Frau war, auf den George stand. Doch wie hatte sie gesagt? Kannte man einen anderen jemals wirklich?

Spät in dieser Nacht würde João noch daran denken, wenn er sich das verliebte Gelalle seines Freundes würde anhören müssen.

Langsam schlenderte João zum Buffet, wo ihn Carol, eine der Zirkelfreundinnen seiner Mutter, erwischte und ins Ohr flüsterte: „Das war spannend, was die Frau Biologin über die Delfine erzählt hat. Sie hat hundert Prozent recht, weißt du. Ich fühle das."

„Natürlich hat sie recht, Carol. Vielleicht erforschen die Delfine in ihren Universitäten uns, obwohl, ich glaube, dass sie so intelligent sind, dass sie gar keine Universitäten haben und auch keine Finanzämter und Beerdigungsinstitute."

„Dass du immer Witze machen musst", tadelte sie lächelnd. „Wie hat sie dir denn gefallen, die Biologin?"

„Sie ist in Ordnung. Delfine und Wale sind wirklich ihr Ein und Alles, und sie ist keine Spinnerin. Gute Wahl von Mom. Bei dieser Susanna habe ich mich allerdings gefragt, wie es dazu gekommen ist, dass sie eingeladen wurde. Die passt doch gar nicht hier her."

„Ach", sagte Carol träumerisch, „manchmal erfährt deine Mutter Dinge von Antonio", (Antonio war Joãos Vater), „und dann tut sie einfach, was er ihr rät. Ob Susanna so ein Fall ist, weiß ich allerdings nicht."

„Kann ich mir nicht vorstellen", grinste João. „Papa war kein Freund dieser Sorte Frauen."

„Aber, aber, das sagst du nur, weil sie etwas gegen deine geliebten Delfine gesagt hat. Sie hat uns alle erwischt damit, trotzdem kann sie ein netter Mensch sein."

„Sicher. Ist sie wahrscheinlich auch. Darf ich dir noch was vom Buffet holen? Ich sterbe gleich vor Hunger, wenn ich nicht sofort etwas esse."

„Hol du dir lieber selbst etwas, ich habe genug", sagte Carol und wich nicht von Joãos Seite. Er mochte Carol, Sie war in Annes Alter, Ehefrau eines englischen Hotelbesitzers, und ihr war es zu verdanken, dass João keinen Nervenzusammenbruch erlitten hatte, als er mit sechzehn darauf gekommen war, was seine Mutter und ihre Freundinnen trieben, an den Abenden, an denen sie sich in Mutters abgedunkeltem Zimmer trafen. Voller Entsetzen war er zu seinem Vater gerannt, doch der hatte nur etwas von „Geisterblödsinn" gemurmelt und nicht weiter auf die in Horror aufgerissenen Augen seines Sohnes geachtet.

Carol war es gewesen, die João von der Harmlosigkeit des Unternehmens überzeugt hatte, sie hatte ihm erklärt, dass seine Mutter als Ärztin ein unverkrampftes Verhältnis zum Tod hatte und schon mehr als einmal die Seele aus dem Körper eines Menschen hatte austreten sehen. Die Zirkeltrefen mit ihren Freundinnen fanden nicht regelmäßig statt, und nur auf Auftrag, wenn nämlich jemand eine Frage an einen Toten hatte, eine wichtige Frage. Auf diese Weise hatten sie schon verlorene Haustiere und Gegenstände zurückgebracht, die Toten wussten eben mehr als die Lebenden.

Mit der Zeit hatte sich João daran gewöhnt, dass seine Mutter, eine durch und durch vernünftige Naturwissen-schaftlerin, wie er immer gedacht hatte, mit den Toten sprach. Es schien ihren klaren Geist nicht zu beeinträchtigen, und so beunruhigte ihn das Ganze nicht weiter. Allerdings dachte er nicht im Traum daran, an einer solchen Séance teilzunehmen, er zog es vor, von denen, die gestorben waren, nie mehr zu hören.

Als dann Antonio, Joãos Vater, relativ plötzlich nach einem Herzinfarkt starb, änderte sich das. Das Verhältinis zwischen Sohn und Vater war nicht gewesen, was sich João gewünscht hatte, und er sah ein, dass er seinem Vater zeitlebens kühl und zurückhaltend begegnet war. Der alte Freitas war Anwalt gewesen, sozialpolitisch engagiert, seine Fälle hatten oft mehr Wichtigkeit für ihn gehabt als seine Familie. Ungefähr ein halbes Jahr nach Antonios Tod war es losgegangen mit merkwürdigen Träumen, die Anne hatte. Antonio sagte ihr darin, dass er mit ihr sprechen wollte. Anne hatte Angst davor, aber ihre Freundinnen überredeten sie, es zu wagen und zu sehen, was Antonio so Wichtiges zu sagen hatte.

Es stellte sich heraus, dass er seine Familie um Entschuldigung bitten wollte. Ihm war bewusst geworden, dass er andauernd abwesend gewesen war, geistig vor allem, und als Vater und Ehemann nicht wirklich zur Verfügung gestanden hatte. Dann sagte er noch, und das war Anne vor ihren Freundinnen peinlich, aber sie konnte nichts dagegen tun, dass Ronaldo, der Dichter, Anne schon seit vielen Jahren liebte und dass sie ihn erhören sollte. Was sie dann auch einige Monate später tat.

João wusste nicht, ob er glauben sollte, was Anne ihm von diesen Gesprächen mit Antonio erzählte. In seinen Ohren klang das alles wie Hokuspokus, immer wieder hatte er Mühe, ihr zuzuhören, wenn sie davon berichtete, was Antonio über sich und João sagte. Wenn es zu Lebzeiten nicht geklappt hatte zwischen ihnen, dann war es doch nur ein billiger Trost, falls es überhaupt einer war und nicht eher etwas, das die Wunden erneut aufriss, dass Antonio sich jetzt entschuldigte. Auf diese Entschuldigung konnte er pfeifen!

Ganz anders empfand das George, der eine stille Bewunderung für Anne als Medium hegte. In England sei es ganz normal, dass Medien öffentlich auftraten und sogar in Krankenhäusern arbeiteten, zusammen mit Geistheilern, erklärte er João. Es spreche für Anne, dass sie beides sei, eine nüchtern und klar denkende Ärztin und ein sauberer Kanal für mediale Durchsagen. Auf Georges Bitte hin befragte der Kreis Georges Großmutter, bei der er aufgewachsen war und an der er sehr gehangen hatte. George kam aus dieser Sitzung glücklich und gelöst heraus, er berichtete, dass Anne seine Großmutter genau beschrieben hatte, äußerlich, wie auch vom Charakter her. Laut Anne war Georges Großmutter oft an dessen Seite - auch wenn er tauchte - um ihn vor Gefahren zu beschützen. Seine Granny war immer wasserscheu gewesen. Nach dem Tod sei alles anders, versicherte der Damenzirkel George.

Aufmerksam beobachtete Carol den hastig kauenden João. Er hatte sich den Teller voll geladen mit eingelegten Fischstückchen, verschiedenem Obst und Bolo de Caco, dem Brot der Insel.

„Komm doch mal wieder zu uns", sagte Carol, „Albert würde sich auch freuen. Er hat dich ja eine Ewigkeit nicht gesehen."

„Mache ich", antwortete João mit vollem Mund. „Aber dann kommt ihr auch mal zu mir. Das ist überfällig."

„Versprochen. Anne hat gesagt, du wohnst wirklich sehr schön."

„Ja, ein wunderbares Haus. Du kannst dir nicht vorstellen, wie ich es genieße. Es ist fast wie hier."

„Schade, dass Antonio das nicht mehr erleben kann."

„Wieso?", frotzelte João. „Ihr seid euch doch so sicher, dass er alles mitkriegt."

„Trotzdem ist es ein Unterschied, ich habe nie behauptet,

dass es keiner ist."

„Lass dich von mir nicht ärgern, Carol. Ich vermisse Papa auch, wirklich."

„Ich weiß", sie sah ihn mit ihren großen, seelenvollen Augen an. Wenn es nach Äußerlichkeiten gegangen wäre, wäre sie die Einzige gewesen, der er das Mediumsein zugetraut hätte. Sie wirkte durchscheinend, ätherisch. Seine Mutter war viel handfester, ganz zu schweigen von Elizabeth, der Dritten im Bunde, deren schiffsartigen Körper korpulent zu nennen, Schönfärberei gewesen wäre.

„Wo ist eigentlich Elizabeth?", fragte er. „Ich habe sie noch gar nicht gesehen."

Carol seufzte. „Ihr ging es nicht so gut, keine Sorge, nichts Ernstes. Nur eine kleine Erkältung."

„Sag ihr gute Besserung von mir."

„Das mache ich. Aber jetzt erzähl mal, wie geht es dir seit der Vernissage? Anne hat gesagt, es war fantastisch, all die Leute die da waren, und sie war schwer beeindruckt von deinen Bildern."

„Ach Carol", sagte João traurig. „Irgendwie ist alles schiefgelaufen. Dave will nichts von den Bildern wissen, und ohne ihn ist es schwer auf dem amerikanischen Kunstmarkt."

„Das gibt es doch nicht!" rief Carol, und João fuhr zusammen, weil sie plötzlich so laut wurde. „Du wirst dich doch nicht von so einem Heini abhängig machen, der sein Lebtag nicht anständig gearbeitet hat und nur damit beschäftigt ist, sein Geld zu verteilen! Talent setzt sich durch, mein Lieber, und du hast Talent. Also arbeite gefälligst weiter, das bist du dir schuldig."

So hatte Carol noch nie mit ihm gesprochen, aber es wirkte. Er erzählte ihr von den Unterwasseraufnahmen, die er gemacht hatte und den nächsten geplanten Bildern, die daraus entstehen sollten, und sie sagte spontan: „Wenn du es erlaubst, würde ich gerne einige im Hotel aufhängen, hier und in Lissabon und in London. Als Leihgabe, mit Preisschildchen und deinem Namen. Was hältst du davon?"

„Das wäre wunderbar."

„Vielleicht fallen mir noch andere Möglichkeiten ein. London ist voll von Museen und Galerien. Da muss doch was gehen."

„Mach dir bloß nicht zu viel Arbeit damit", wehrte João ab. „Mir hilft es schon, wenn ich bei euch ein paar Bilder aufhängen kann. So wie früher."

Carol hob die Augenbrauen. „Das ist über zehn Jahre her und war etwas ganz anderes. Damals wollten wir dir helfen, ein wenig bekannter zu werden."

„Und heute?"

„Heute bist du bekannt, und wir profitieren mindestens so sehr davon wie du. Dein Problem ist, dass du dein Licht viel zu sehr unter den Scheffel stellst."

„Mag sein. Da kannst du dich bei meinen Eltern bedanken, Ich wurde im Geiste der Bescheidenheit erzogen."

„Was sicher kein Fehler war. Anne wusste schon, was sie tat, mit Bescheidenheit gewinnt man Herzen."

In diesem Moment klatschte Anne in die Hände und rief: „Alle bitte mal herhören. Ich möchte euch diese reizende Pianistin vorstellen, die sich netterweise bereit erklärt hat, für uns ein paar Stücke zu spielen. Susanna."

João staunte nicht schlecht, als er niemand anders als die bissige Neurologin zum Flügel gehen sah und sich mit Grazie auf den Schemel niederlassen. Die Töne, die sie dem alten Instrument entlockte, waren eine noch größere Überraschung. Gefühlvoll, zärtlich klangen Schumann-lieder und Stücke von Mozart durch den Raum und die

Gesellschaft, die zuerst nicht hatte verstummen wollen, war nun vollständig gebannt von der Musik. Das also war der Grund gewesen für die Einladung. Susanna hatte mehr zu bieten, als es auf den ersten Blick schien.

Genau derselbe Gedanke kam João ein paar Stunden später auf dem Heimweg. Er wankte mit George in Richtung seines Zuhause und hörte dabei zu, wie sein Freund von Raphaela schwärmte. Irgendetwas war anders als sonst, wenn George von Frauen sprach. Die einzige Erklärung war, dass es ihn richtig erwischt hatte. Warum gerade bei Raphaela?

Andererseits, warum nicht bei ihr? Sie war eine wirklich nette Frau, und sie und George teilten die gleiche Leidenschaft. Das Meer.

Meeresbiolgin und Taucher, das passte.

„Habt ihr euch verabredet?", fragte João den lallenden George.

„Was denkst du denn? Gleich morgen treffen wir uns, und ich zeige ihr die Tauchschule. Vielleicht gehen wir sogar auf einen Tauchgang zusammen."

„Du gehst ran wie immer."

„Nichts ist wie immer, Kumpel. Diese Frau ist anders als die anderen. Ich fühle etwas, was ich noch nie gefühlt habe. Ehrlich."

João glaubte ihm. Vielleicht fand George mit Raphaela endlich eine Partnerin, mit der er so glücklich sein konnte wie João mit Isabella.

Am nächsten Morgen nahmen João und George zusammen ein Katerfrühstück auf der Terrasse ein und George blickte immer wieder mit zusammengezogenen Augenbrauen zum leicht bewölkten Himmel hinauf.

„Hoffentlich fängt es nicht an zu regnen", sagte er und schenkte João aus der Kaffeekanne nach. Nach der letzten Nacht brauchten sie beide mehr als ihre übliche

Dosis.

„Wieso?", fragte João. „Wo habt ihr euch denn verabredet?"

„Im Theater Café. Ich hole sie mit dem Auto ab. Aber ich wollte noch mit ihr spazieren gehen, vielleicht im Botanischen Garten oder im Stadtpark."

„Apropos Botanischer Garten. Sie hat mir gestern erzählt, dass sie den Toten kannte, diesen Meeresbiologen."

„Der unterm Botanischen Garten lag?"

„Nein, der im Hafen gefunden wurde."

„Sehr witzig. Ich bin halt noch nicht so ganz wach. Dabei ist das heute der wichtigste Tag meines Lebens."

„Übertreibst du da nicht etwas?"

„Glaube ich eher nicht. Aber ich wollte dich noch etwas fragen, bevor ich gehe. Was hast du für einen Eindruck von Raphaela?"

João überlegte. „Ich habe gestern länger mit ihr geredet. Auf mich wirkte sie interessant, sie liebt ihren Beruf, ich glaube, sie ist politisch interessiert, sie macht sich viele Gedanken über die Umwelt, aber das Wichtigste ist, dass sie ein großes Herz hat."

„Wie hast du das gemerkt?", fragte George gespannt.

„Sie sprach über Wale und Delfine und es war für mich so, als wenn sie sie als ihresgleichen sieht. Es ist mehr als Respekt, was sie für sie empfindet. Ich glaube, es ist Liebe."

„Und glaubst du, dass sie auch mich lieben könnte?" fragte George ungewohnt schüchtern.

João lachte. „Es würde mich schon sehr wundern, wenn sie dir widerstehen würde. Musst du schon weg?"

„Nicht gleich. Warum?"

„Weil ich dir noch was erzählen möchte. Das Gespräch mit Raphaela gestern hat mich drauf gebracht."

„Aha", sagte George und zündete sich eine Zigarette an.

Obwohl er Taucher war, rauchte er ein halbes Päckchen am Tag. Genau wie der alte Jorge aus São Vicente war auch Georg der Meinung, dass das Rauchen seinen Lungen keinen Schaden zufügte.

„Isabellas Cousin Manuel hat mir eine Liste gegeben von Menschen, die der tote Meeresbiologe besucht hat und auf dieser Liste stand auch ein Name von einem Bekannten von mir. Ich habe dir das nie erzählt, aber als ich achtzehn war, hatte ich einen schweren Motorradunfall. Es war im Gebirge, die Straße war nass, und wir waren zu zweit, mein Freund Martinho und ich. Martinho ist vor mir gefahren, und plötzlich sah ich, wie seine Maschine nach der Seite hin ausbrach, er verlor die Kontrolle und schlitterte quer über die Fahrbahn in einen entgegenkommenden kleinen Lieferwagen. Ich konnte nicht rechtzeitig bremsen und krachte auch noch auf ihn drauf. Mir ist nicht viel passiert, außer einer Gehirnerschütterung hatte ich nur Prellungen. Martinho hatte nicht so viel Glück, seit dem Unfall konnte er nicht mehr gehen."

João holte tief Luft. Er fragte sich, wie er es so lange ausgehalten hatte, diese Sache in sich abzuschließen. Auch Isabella wusste nichts von Martinho und dem Unfall. Er hatte so getan, als sei das alles nie passiert, hatte den Kontakt zu seinem Freund und dessen Familie nach und nach versanden lassen und war erleichtert gewesen, als er hörte, dass Martinho ins Ausland gegangen war, um dort zu studieren.

„Querschnittsgelähmt?", fragte George leise.

„Ja. Er ist mit dem Rücken auf den Asphalt, irgendwie lag er dann unter dem Auto, es sah ganz schrecklich aus, er bewegte sich überhaupt nicht mehr und damals gab es noch keine Handys. Wir mussten ihn dort rausholen, dann ist der Fahrer von dem Wagen ins nächste Dorf telefonieren gefahren. Es hat eine Ewigkeit gedauert, bis ein Krankenwagen gekommen ist."

„Du bist nicht schuld daran", sagte George spontan.

João sah ihn nicht an, als er antwortete: „Vielleicht daran nicht. Aber ich habe mich von ihm abgekapselt. Habe ihn nicht besucht, als er wieder zu Hause war, ich habe ihn im Stich gelassen."

„Du warst achtzehn", sagte George ruhig. „Es war einfach zu viel für dich."

„Ja", nickte João. „Ich wusste nichts mit ihm anzufangen. Wir waren so gute Freunde vorher, und danach konnte ich nichts mehr mit ihm unternehmen. Da bin ich irgendwann gar nicht mehr hingegangen."

„Klar. Das hätte jeder so gemacht, ich auf jeden Fall. Stand der Name von deinem Freund auf der Liste?"

„Nein, der von seinem Vater. Der ist Fischer in Camara de Lobos und hatte Kontakt zu diesem Peter Keller. Mein Freund Martinho ist zwei oder drei Jahre nach dem Unfall nach Südamerika gegangen, nach São Paulo, glaube ich. Er wollte immer was mit Theater machen und er hat dort mit einem Stipendium Theaterwissenschaften studiert. Ich habe mal im Radio was über ihn gehört. Er ist ein in Südamerika ziemlich bekannter Regisseur."

„Ein Fischersohn der Regisseur geworden ist!" George pfiff durch die Zähne. „Das Leben ist manchmal ganz schön komisch. Überlegst du jetzt, den Vater aufzusuchen?"

„Ja. Bis jetzt habe ich mich nicht getraut."

„Soll ich mitkommen?", bot George an. „Ich muss jetzt gleich los, aber ich komme jederzeit mit, du musst es nur sagen."

„Danke, das ist nett. Aber das muss ich schon allein machen."

„Ich sehe es als Zeichen", sagte George ernst, „von wem

auch immer. Das ist deine Chance, ins Reine mit der Sache zu kommen. Und was hat Raphaela mit all dem zu tun?"

„Ich kenne Martinhos Vater seit ich klein war. Damals habe ich mir immer gewünscht, dass ich sein Sohn und nicht der von meinem eigenen Vater wäre. Als ich Raphaela gestern so zuhörte, habe ich mich gefragt, was Martinhos Vater und diesen Peter Keller wohl verbunden hat."

Aus dem Minirecorder klang Wellengeräusch, Meeresbrandung wie auf der Entspannungs-CD, die Cynthia gelegentlich hörte, wenn sie nicht einschlafen konnte. Sie spulte die Aufnahme ein Stück vor. Die Tonqualität war erstklassig, obwohl Menschen am Strand gewesen waren, gelacht und gerufen hatten, und das Meer mit seiner Brandung wirklich laut gewesen war. Gespannt hörte sie zu:

Er: Ich musste dort weg. Sie haben die Tiere nachts abtransportiert, wohin weiß ich nicht, am nächsten Morgen war der Orca wieder da, mit einem Orca hat alles angefangen, aber einige Tage später war er tot.

Sie: Das verstehe ich nicht. Woher wissen Sie, dass der Orca weggefahren wurde?

Er: Er wurde nicht weggefahren. Das geht gar nicht. Unser Institut ist am Meer, die Tiere sind in einer Art Freigehege. Was sie genau gemacht haben, weiß ich nicht. Aber einer der Orcas war abends nicht da, das könnte ich schwören.

Sie. Und?

Er: Peter hat etwas zu mir gesagt. Damals habe ich nichts begriffen, er sagte, glaube ich, die Tiere, die gestorben sind, waren nicht krank.

Sie: Na und?

Er: Peter hat auch bemerkt, dass etwas nicht stimmt. Jetzt ist er tot, da können Sie sich ausrechnen, wer ihn auf dem Gewissen hat.

Sie: Sie sprechen in Rätseln. Wollen Sie sagen, dass Ihr Aquarium oder wie das heißt, ihn getötet hat?

Er (leicht lachend): Institut für Meeressäuger. Hören Sie. Lady, ich will nur nicht, dass Sie denken, Ihr Freund hat sich selbst umgebracht. Das hat er mit Sicherheit nicht. Dort hinten auf dieser Insel, auf die er geflohen ist, wie ich hierher, weil ihm nämlich nichts anderes übrig blieb, hat ihn jemand erwischt.

Sie: Peter wollte nochmal von vorne anfangen. Nachdem wir uns getrennt hatten, wollte er nicht mehr in San Francisco bleiben. So schrecklich es ist, ich habe das wohl unterschätzt, seinen Schmerz, meine ich. Die Trennung ging von mir aus, aber ich dachte, dass er einverstanden war.

Er: Das dürfen Sie nicht denken. Peter hat sich nicht umgebracht. Da hat jemand nachgeholfen, das weiß ich.

Sie: Haben Sie Beweise?

Er: Natürlich nicht.

Sie: Das habe ich mir gedacht.

Er: Hören Sie, ich... Ach, vergessen Sie 's.

Sie: Jetzt hören Sie mir mal zu. Ich bin hier heruntergefahren, Sie wissen, wie weit das ist. Und jetzt kommen Sie mir mit Ihren halbgaren Vermutungen. Wenn Sie nicht mehr haben, dann scheren Sie sich zum Teufel.

Er: Ich habe Narben gesehen.

Sie: Wo?

Er: Am Hinterkopf eines Delfins. Aber mehr kann ich Ihnen nicht sagen. Sie sind doch Schriftstellerin, ich habe schon mal einen Roman von Ihnen gelesen, ist lange her. „Die weiße Kathedrale", hieß der oder so ähnlich.

Sie: Die Schneekathedrale.

Er: Sag ich doch. Sie können recherchieren, oder?

Sie: Ja, das kann ich. Aber von den paar Informations-bröckchen, die Sie mir hier hinwerfen, habe ich nicht das Gefühl, dass irgendwas an der Geschichte dran ist. Sie wollen mir doch eine Geschichte verkaufen?

Er: Ich will Ihnen gar nichts verkaufen.

Sie (hörbar überrascht): Sie wollen kein Geld?

Er: Verdammt, mir geht es um Peter. Ich will, dass sein Mörder ins Gefängnis kommt, und dazu brauche ich Ihre Hilfe.

Sie: Im Moment sind wohl eher Sie derjenige, der Hilfe braucht.

Er: Lassen Sie das. Ich kann gut auf mich allein aufpassen.

Sie: Wie man sieht. Ich sage es Ihnen klipp und klar. Es mag Ihnen und auch mir nicht angenehm sein, aber wir müssen uns mit den Tatsachen abfinden. Peter ist auf Madeira von einem Felsen gesprungen.

Cynthia schaltete den Recorder aus. Lange starrte sie auf ihren Kater, der tief und fest schlief, gelegentlich zuckten seine weißen Barthaare und seine Pfoten. Wahrscheinlich träumte er von der Jagd.

Es war so einfach, sich in Spekulationen über Peters Tod zu verlieren. Einfach und verlockend. Sie hätte geschworen, dass er ihren Wunsch nach Trennung mit Gelassenheit, wenn nicht sogar Erleichterung aufge-nommen hatte. Sie waren sich einig gewesen, hatten in Ruhe bei einem Glas Wein alles besprochen. Weil sie nie zusammen gelebt hatten, gab es keine Dinge, die sie zwischen sich aufteilen mussten, jeder konnte seiner Wege gehen. Er hatte ihr fest versprochen, dass sie Freunde bleiben würden. Was hatte sich schon groß geändert zwischen ihnen, Sex war schon lange kein Thema mehr gewesen.

„Peter, ich vermisse dich so", flüsterte sie, als sie ihren Computer startete, um weiter an ihrem Buch zu schreiben.

Lissabon und Redwoods

Die Farben wollten und wollten nicht den klaren Leuchtton annehmen, der Papageienfische auszeichnete. Schon den ganzen Vormittag arbeitete João mit zusammengebissenen Zähnen. Endlich gab er es auf, ging in die Küche und machte sich eine Bica. Irgendetwas fehlte noch, die Fische wirkten tot. Es war kein Gefühl in ihnen, und genauso gefühllos fühlte sich João selbst.

Wie betäubt.

Oder gelähmt.

George hatte leicht reden. Marthinhos Vater Alfonso aufsuchen nach so vielen Jahren, als ob es so einfach wäre! Dafür war es zu spät, manche Dinge ließen sich eben nicht rückgängig machen. „Hallo, da bin ich wieder. Tut mir leid, dass ich die letzten 25 Jahre nichts von mir habe hören lassen. Was gibt's Neues?" Nein, so ging es nicht.

Genervt tigerte João auf seiner Terrasse hin und her, er verfluchte Manuel. Wenn der ihm die Liste mit den Namen nicht gegeben hätte, wäre João die Sache mit Martinho gar nicht wieder eingefallen.

Halt. Lüge. Dicke, fette Lüge.

In all der Zeit hatte es keinen einzigen Tag gegeben, an dem er nicht an Martinho und den Unfall gedacht hatte. *Das* war die Wahrheit. Immer wieder hatte er mit dem Gedanken gespielt, Martinho in Brasilien aufzustöbern. Sich bei ihm zu entschuldigen. Doch er schämte sich zu sehr. Ein echter Feigling war er, ein Verräter, einer, auf den man nicht bauen konnte. Er brachte es nicht über sich, Martinho und dessen Familie ins Gesicht zu sehen.

Grimmig lächelnd ging er zurück zu seiner Leinwand. Die schon fertig abgemischten Töne verwarf er und begann noch einmal ganz von vorne. Papageienfische waren zwar kräftig gefärbt, aber sie sahen nicht wie Flaggen aus, auf eine subtile, für den Betrachter unsichtbare Art, gehörten die Farben zusammen, hatten einen gemeinsamen untergründigen Ton von Silbrig-hellblau.

Jetzt gelang es besser, die farbigen Flächen existierten getrennt und waren doch ein Verbund. Er hatte sich vom ersten Eindruck täuschen lassen.

Bunt, und doch nicht bunt, dachte er, und staunte wieder einmal über die Natur, die ihre Knalleffekte stets so einsetzte, dass sie nicht billig wirkten. Wie schwer war es, das zu kopieren!

Das Telefon klingelte.

Isabella, dachte er, und sein Herz hüpfte vor Freude.

„Was machst du?", fragte sie. „Ich habe grade an dich gedacht."

„Ich male", sagte er, „und habe Sehnsucht nach dir."

„Ich auch. Deshalb rufe ich an. Und weil ich dich etwas fragen will."

„Was denn?"

„Kommst du mit mir nach Amerika?", platzte Isabella heraus. „Ich meine", sagte sie schnell, „nur für drei Tage. Ich muss nach New York und Washington wegen einer Recherche. Wäre doch schön, wenn du mich begleiten würdest."

Er brauchte sie jetzt.

„Gute Idee", sagte er ohne Begeisterung.

„Was ist los mit dir?" Isabella schluckte tapfer die Enttäuschung runter.

„Nichts, ich bin mitten in der Arbeit. Können wir uns am Wochenende sehen, ich weiß, ich wollte erst später kommen, aber du fehlst mir so. Ich könnte mit der Abendmaschine kommen."

„Leider kann ich dich nicht abholen", sagte sie

entschuldigend.

„Ist doch egal. Ich warte einfach bei dir. Hast du dann schon was gegessen?"

„Ja. Für mich brauchst du nichts zu kochen. Aber wenn du das Bett schon anwärmst..."

Sie lachte.

Er lachte auch und fühlte sich zum ersten Mal an diesem Tag wohl.

João mochte Lissabon, die engen Straßen, die sich steil bergauf wanden und in denen die alten, romantischen Straßenbahnen ratterten. In genau so einer Straße wohnte Isabella, das Haus war schmal, das Treppenhaus dunkel, und die Wohnung hatte einen winzigen Balkon. Weil sie ganz oben lag, blickte man von dort aus über ein unendliches Gewirr von Dächern.

Sowie er angekommen war, machte sich João aus seinen mitgebrachten Einkäufen ein paar belegte Brote, tat Sardellen mit Kapern und Tintenfischstücken auf einen Teller und verzog sich samt Buch und einer Flasche Wein auf den Balkon.

Er saß noch nicht lange dort, da klingelte sein Handy und Isabella fragte, ob alles in Ordnung war. Sie sollte sich ruhig Zeit lassen, sagte er, sein Buch war ziemlich dick.

„Was ist es?", fragte sie automatisch, Bücher interessierten sie immer.

„Es geht um Delfine."

Beinahe hätte sie laut aufgelacht. Gab es so etwas wie Synchronizität wirklich?

„Wie kommst du dazu?", fragte sie möglichst neutral.

„Ist aus der Buchhandlung am Flughafen, ein richtiger Schmöker. Da stehen die verrücktesten Sachen drin, wusstest du zum Beispiel..."

„Erzähl es mir später", unterbrach sie ihn schnell. „Ich

wollte nur hören, ob du sicher gelandet bist."

„Bin ich. Im Moment habe ich es hier ziemlich gemütlich, nur du fehlst noch."

Isabella grinste vor sich hin, als sie wieder hinein zu ihren Kollegen ging. Sie hatten sich in einem kleinen, jetzt am frühen Abend nur spärlich besuchten Lokal in der Altstadt getroffen, um über ihren Auftrag zu beraten. Silvio und Isabella wollten über Aktivitäten von US-Geheimdiensten und Militär während des Irakkriegs berichten und Andreia die passenden Fotos dazu schießen. In der letzten Woche waren sie alle drei in Bagdad gewesen, eine der vielen Reisen, die Isabella João verheimlicht hatte. Sie hatten dort mit Informanten gesprochen, jetzt planten sie neue Recherchen vor Ort.

„Gestern habe ich mit diesem Carlbergh gesprochen, er ist bereit, uns ein Interview zu geben, aber er will noch etwas warten, weiß der Geier warum. Er wird sich melden, wenn es soweit ist", sagte Silvio mit gerunzelter Stirn.

„Das klingt ominös", Andreia nippte an ihrem Wasser und imitierte Silvios Stirnrunzeln. Sie trank im Job immer nur Wasser.

„Hoffentlich hat er wirklich Zugang zu den Insidern", sagte sie und strich sich eine rötliche Locke aus der Stirn.

„Wieso?", fragte Isabella. „Misstraust du ihm etwa?"

„Ein bisschen. Könnte doch sein, dass er nur ein Wichtigtuer ist."

„Nana", beschwichtigte Silvio. „Immerhin war Carlbergh nachweislich beteiligt an der Planung des Marine-einsatzes."

„Sicher hast du recht", sagte Andreia. „Es war nur so ein dummes Gefühl als du sagtest, er zögert das Gespräch raus. Weibliche Intuition, schätze ich."

„So oder so", fasste Isabella zusammen, „haben wir bisher nicht besonders viel. Es sind auch schon Informanten abgesprungen. Interessant finde ich das Gerücht, dass Teile des Marinegeheimdienstes einen neuen Krieg planen. Im Golf von Aden, auf jemenitischem Staatsgebiet."

Silvio nickte. „Klar, der Irakkrieg ist nur der Aufhänger. Je mehr Details wir zu zukünftigen Szenarien bringen können, desto besser. Es sind wahrscheinlich einige Geheimdienste mit der Sache beschäftigt, jeder auf seine Weise. Schließlich haben die verschiedenen Abteilungen des Militärs jeweils ihren eigenen Dienst."

Die beiden Frauen wechselten einen Blick. Wie immer konnte es Silvio nicht lassen, sie zu belehren, natürlich über Binsenweisheiten. So war er nun einmal, der Starjournalist Silvio Cavelho. Trotzdem mochten sie ihn, und für ihn sprach auch, dass er sich seiner Eitelkeiten durchaus bewusst war, wie auch jetzt.

„Ich doziere schon wieder, oder?" Silvios zerknirschter Hundeblick brachte sie zum Lachen, und er stimmte sofort mit ein.

„Im Ernst", sagte Andreia als sie sich alle drei wieder beruhigt hatten, „bis jetzt fehlt mir ein klares Konzept für die Fotos. Wollt ihr Einrichtungen der Marine besuchen?"

Isabella kramte in den vor ihr auf dem Tisch liegenden Unterlagen. „Ja, unter anderem das Navy Mammal Center, oder wie das heißt."

„Warum das denn?", fragte Andreia.

„Weil", belehrte Silvio sie, „Fotos von Delfinen immer sehr gut aussehen und unsere Story ein bisschen aufpeppen."

„Hat sie das denn nötig?", fragte Andreia spitz. Heute war eindeutig nicht ihr Tag.

„Silvio macht nur Spaß", beruhigte Isabella. „Wir sind wirklich auf ein paar spannende Dinge gestoßen, die der Öffentlichkeit bisher über das Mammal Programm vorenthalten wurden. Dieser Carlbergh hat mir etwas gefaxt, das mich glatt umgehauen hat. Hat aber keinen Sinn, jetzt darüber zu reden, vielleicht ist das Ganze eine Ente."

„Okay", Silvio winkte dem Kellner, um zu bezahlen. „Spätestens Anfang Mai müssen wir mit dem Mann reden, sonst lassen wir ihn sausen. Mai passt mir ganz gut, vorher habe ich noch was in Peru zu erledigen und würde dann von dort aus zu euch stoßen."

Eine Pause entstand.

„Habt ihr wirklich nur den Carlbergh?", fragte Andreia und ihre Kollegen wussten nun ganz sicher, dass ihr eine Laus über die Leber gelaufen war.

Betont ruhig sagte Isabella: „Es gibt noch eine Sekretärin und einen pensionierten Oberst, der schon in Vietnam mit dabei war und wilde Geschichten über geheime Einsatztrupps erzählen kann."

„Wirkt alles ziemlich windig. Zum Glück bin ich nur die Fotografin."

„Eben. Lass mal Isabella und mich machen. Wir haben noch einiges in der Hinterhand, kennst uns ja. Mädchen, ich bin froh, dass wir drei das zusammen machen. Im Irak hat es super geklappt mit uns und echt Spaß gemacht."

Silvio der Wogenglätter. Sie bezahlten und verließen das Restaurant. Draußen war die Luft lau und die Sonne streifte als roter Ball knapp die Dächer.

Isabella sah auf die Uhr. Nicht zu spät, um auf einen Sprung bei ihrer Großmutter vorbeizuschauen, entschied sie.

Im Treppenhaus war frisch gewischt worden. Isabella nahm zwei Stufen auf einmal. Trotz ihres hohen Alters war Isabellas Großmutter Elisabetha noch fit, schleppte jeden Tag Einkäufe in ihre winzige Wohnung im dritten Stock. Sie schwor darauf, alles selber zu machen, zum Laden an der Ecke gehen, Briefe zum Kasten tragen, Staub wischen und saugen, und natürlich zu backen und zu kochen.

Isabella ging gerne zu ihrer Avo, schon immer hatten sie ein Verhältnis gehabt, das ein wenig dem von Verschwörern ähnelte. Isabella kannte keine alte Frau und auch sehr wenig junge, die politisch so interessiert und hellwach wie ihre Avo waren.

Von ihr hatte Isabella ein gesundes Misstrauen gegen Autoritäten geerbt, die Dinge sind nicht so, wie sie scheinen, hatte Avo immer gesagt, es lohnt sich tiefer zu bohren. Die Menschen sagen dir das eine, weil sie das andere wollen. In der Politik und auch sonst im Leben kannst du damit rechen, dass man versucht, dich zu betrügen. Das geht ganz leicht. Man muss nur herausfinden, was du dir wünschst, wovon du träumst und dir das dann mehr oder weniger raffiniert versprechen. Immer, wenn etwas zu schön klingt, um wahr zu sein, ist es nicht wahr. Verlass dich drauf.

Elisabetha hatte den Schlüssel, den sie Isabella gegeben hatte, sich im Schloss drehen hören und kam mit wieselflinken Schritten zur Tür, um ihre Enkelin zu umarmen.

„Pequena, wie geht es dir? Müde siehst du aus. Komm herein, ich habe einen Kuchen gebacken."

Elisabethas Küche war wie immer blitzblank, auf dem kleinen quadratischen Tisch aus dunkel gebeiztem Holz stand ein bunter Keramikteller mit ihrem Spezial-käsekuchen, der eine goldgelbe Farbe hatte, weil pürierte

Mangos darin waren. Das Rezept stammte von englischen Journalisten, mit denen Avo vor vielen Jahren Kontakt gehabt hatte.

Der Kuchen war noch warm und duftete herrlich.

„Setz dich. Was gibt 's neues?"

Isabella nahm sich ein großes Stück von dem Kuchen und goss ihrer Großmutter und sich den Kaffee in die kleinen Espressotassen, die sie Avo vor ein paar Jahren zum Geburtstag geschenkt hatte. Hellgrün, mit goldenem Rand, vom Flohmarkt.

„Mir geht's prima. Könnte nicht besser laufen auf der Arbeit, und zu Hause wartet João auf mich, er ist bis Sonntagabend da."

„Das ist schön. Wie geht es meinem lieben João?"

„Ach, ich weiß nicht", Isabella machte plötzlich ein finsteres Gesicht. „Seine Vernissage ist nicht so gelaufen, wie er sich das vorgestellt hat, und jetzt hängt er irgendwie durch. Aber er sagt ja nichts." Sie stach wütend ihre Gabel in den Kuchen.

„Wie dein Vater, wie Pablo, wie wahrscheinlich alle Männer. Weltweit sitzen wir Frauen zusammen und sagen, aber er sagt ja nichts. Du weißt, was ich davon halte. Wer nichts sagt, der hat auch keine Rücksicht verdient. Du bist schließlich keine Gedankenleserin, wie seine Mutter."

„Sie ist keine Gedankenleserin, sie ist ein Medium."

Avo schnaubte verächtlich. Für sie waren Schöngeister, die sich mit dem Unsichtbaren beschäftigten allesamt gefährliche Spinner, gefährlich, weil sie sich nicht um die wirklich wichtigen Dinge kümmerten, die großen und kleinen Ungerechtigkeiten, die täglich in der Welt passierten. Jemand musste den Finger in die offenen Wunden legen, und die Spinner taten alles andere, träumten sich ihre Welt zusammen und verschliefen dabei die Realität.

Im Großen und Ganzen teilte Isabella die Meinung ihrer Avo, nur bei Anne machte sie eine Ausnahme. Joãos Mutter war keine Spinnerin, und es hatte für Isabella etwas Irritierendes, das eine zupackende, wache Frau, die ihrer Avo in puncto in Lebenstüchtigkeit kein bisschen nachstand, sich mit Geistern unterhielt und davon genauso gelassen erzählte wie von einem Gespräch mit ihrem Friseur.

„Du müsstest Anne mal treffen", murmelte Isabella.

„Was hast du gesagt?"

Elisabetha war ein bisschen schwerhörig, weigerte sich aber, ein Hörgerät zu tragen. Ich bin keine Behinderte, manchmal ist es ganz gut, etwas nicht zu hören.

„Ich sagte, du müsstest Anne mal treffen. Ihr würdet euch wunderbar verstehen. Ihre Patienten schwärmen für sie, weil sie bei jedem Wetter mit dem Auto in die Bergdörfer kommt und arme Menschen umsonst behandelt, wenn sie keine Krankenversicherung haben."

„Aber sie redet mit den Toten", beharrte Elisabetha „Wenn du tot bist, bist du tot, da kannst du nicht mehr reden oder jemand erscheinen. Wir leben unser Leben, und danach liegen wir in der Kiste. Aus."

Isabella kicherte. „Erstaunlich, wenn man denkt, wie katholisch du erzogen bist."

„Pah, katholisch", ereiferte sich Avo. „Ich kenne sie alle, die Pfaffen mit ihrer Doppelmoral, die dem Volk nicht das Brot gönnen und den Braten am Wochenende. Wir waren so arm, das kann man sich heute gar nicht mehr vorstellen, und wir waren unfrei. Wenn der Patrone, dem alles gehört hat und der natürlich immer brav in die Kirche ging, wie wir übrigens auch, wie alle, wenn der Patrone sagte, geh, dann musstest du gehen. Du kennst ja die Geschichte. Glaubst du im Ernst, wenn es den Gott gäbe, den die Kirche immer beschwört, dass er das zulassen würde? All den Hunger und das Elend, damals, heute? Nein, meine Kleine, das haben wir Menschen zu verantworten, das können wir keinen Gott zuschieben, und Paradies und Hölle haben sich die da oben ausgedacht, damit das Volk Angst hat und spurt."

Es machte Isabella Spaß, wenn ihre Avo revolutionäre Reden hielt. Ihr Papa hatte ihr erzählt, wie seine Mutter in der Opposition gegen Salazar mitgearbeitet hatte. Eine großartige Zeit, in der alles möglich schien, nach den dunklen Jahren der Diktatur endlich Gerechtigkeit.

„Portugal unter Salazar war ein anderes Land", wurde Isabellas Vater nicht müde zu betonen, wenn er mit Isabella diskutierte. „Verglichen mit damals leben wir heute im Paradies. Wir, die Portugiesen und überhaupt alle Bürger der EU."

„Dein João ist etwas besonderes", sagte Elisabetha, die ihren eigenen Gedanken nachgehangen hatte, „er hat ein großes Herz, das gefällt mir. Wenn ihr Zeit habt", Elisabetha zwinkerte schelmisch, „dann kommt am Sonntag zum Mittagessen zu mir. Ich mache euch Tintenfisch in Soße, das isst João doch so gerne."

„Oh, das ist lieb. Ich werde ihn fragen. Sei aber nicht böse, wenn wir nicht kommen. Vielleicht wollen wir für uns sein, ich sag dir rechtzeitig Bescheid." Isabella legte ihre Hand auf die von Altersflecken gesprenkelte Hand ihrer Großmutter. „Andererseits wäre es nicht schlecht, wenn João mal mit dir reden würde. Mal sehen, was sich machen lässt."

Die beiden Frauen lächelten sich verschwörerisch zu.

„Dann rechne ich mit euch beiden gegen zwölf", sagte Isabellas Großmutter in einem Ton, der keine Widerrede duldete und stand auf, um den Orangenlikör zu holen.

Es bedurfte keiner großen Überredungskünste, um João dazu zu bringen, Elisabethas Einladung zu folgen, und das hatte erst in zweiter Linie mit dem Pulpo in Tinte zu tun, den Elsabetha zuzubereiten verstand wie keine Zweite. João schätzte die alte Dame sehr, er mochte ihre direkte, unverschnörkelte Art und konnte nicht genug bekommen von ihren Geschichten aus dem Portugal unter Salazar und später Caetano.

Deswegen bestand er auch darauf, Elisabetha rote Nelken mitzubringen, er wusste, wie sehr sie diese Blumen liebte, die sie an die aufregendste Zeit ihres Lebens erinnerten.

„Ein Gewehr, in das ich sie stecken konnte, hatte ich leider nicht zur Hand", sagte er zur Begrüßung und überreichte ihr den dicken Blumenstrauß, den er mit Isabellla trotz deren Einwände besorgt hatte. Isabella hatte rote Nelken zu plump gefunden.

Aber als sie das feuchte Glitzern in den Augen ihrer geliebten Avo sah, war sie froh, dass João sich durchgesetzt hatte.

„Kommt herein, ihr Revolutionäre", rief Elisabetha, und wischte sich durch das Gesicht. „Das Essen ist fertig."

Nachdem sie reichlich gegessen und getrunken hatten, schlug João vor, das Dessert draußen in der Nähe der Praça do Comercio einzunehmen.

Elisabetha strahlte.

„Da bin ich am liebsten", vertraute sie João an, als sie über die schmalen Bürgersteige in Richtung Praça gingen. Isabella schlenderte ein Stück vor ihnen her, sie wollte João ganz ihrer Avo überlassen, die eine bessere Psychotherapeutin war als so manche, die ein langes Studium absolviert hatten.

„Dort war es, damals am 25.April 1974, ihr feiert in Funchal doch auch den 25. April?", plauderte Elisabetha und João nickte eifrig. „Damals", fuhr sie fort, „haben Tausende auf der Praça gestanden, sie haben den Regierungstreuen den Weg abgeschnitten, und überall sangen Menschen dieses Lied, du weißt schon."

„Braungebrannte Stadt?", fragte João.

„Genau. „An jeder Ecke ein Freund", so ging es. Wir waren außer uns vor Freude. Mein Mann und ich und unsere Kinder und Freunde und alle, die wir kannten, waren dort. Die Offiziere, besonders so ein Junger, Maia hieß der, hat Teile des Militärs dazu überredet, die Seiten zu wechseln. Ja, und sie hatten die roten Nelken, sie steckten sie in ihre Knopflöcher und tatsächlich, genau wie du gesagt hast, sie hatten sie auch in ihre Maschinengewehre gestopft. Ein wunderbares Bild war das. Der schönste Frühling, den ich je erlebt habe."

„Wie ging es dann weiter?"

„Danach kam der 1. Mai, es war einfach überwältigend, ein richtiges Volksfest. Eigentlich hatte das Militär geputscht, aber das Volk stand hundertprozentig hinter ihm. Die Veränderung in der Armee geschah auch deshalb, weil der stellvertretende Generalstabschef ein Buch geschrieben hatte, aber du weißt das doch sicher alles aus dem Geschichtsunterricht in der Schule, oder?"

João grinste. „Nur die harten Fakten."

Elisabetha lachte und stieß João spielerisch ihren Zeigefinger zwischen die Rippen. Vor ihrem inneren Auge sah sie sich wieder jung und voller Hoffnung an der Seite ihres Mannes. „In dem Buch des Generalstabschef stand, dass Portugal den Krieg in den Kolonien nicht gewinnen würde, der fraß damals die Hälfte des jährlichen Staatshaushalts auf. Mein Mann und viele andere junge Männer mussten zwei Jahre ihres vierjährigen Wehrdienstes in Afrika ableisten, in Mozambique, Angola oder Guinea. Auch unter Caetano

wurde das nicht besser. Weißt du, warum Salazar mit 79 Jahren die Macht an seinen Nachfolger abtreten musste?"
In Elisabethas Augen blitzten Vergnügen und Bosheit zu gleichen Teilen, und sie wirkte mit einem Mal um Jahrzehnte verjüngt.
„Ist das nicht nur ein Märchen?"
„Nein", sie schüttelte so heftig den Kopf, dass ihre grauen, frisch ondulierten Löckchen flogen, „das ist verbürgt. Er ist wirklich durch seinen Liegestuhl gebrochen, und wir haben immer gesagt, der Liegestuhl wurde bestimmt sofort danach verhaftet und verhört."
Sie und João kicherten.
„Wie habt ihr das gemacht, ich meine, wie war es möglich, unter Salazar politisch zu arbeiten?"
„Du brauchst dir das nicht so großartig vorzustellen. Wir hatten einen Gemüsehandel, ein kleines Geschäft, wo die Leute einkauften und natürlich tratschten. Es ging uns nicht gerade rosig, aber doch viel besser als den meisten, die in Fabriken schufteten, wo es keine Gewerkschaften gab. Wir haben also gar nicht politisch gearbeitet."
„Da hat mir Isabella aber etwas ganz anderes erzählt", widersprach João. „Wie war das damals mit Amnesty International?"
„Das ist nicht offiziell", schnappte Elisabetha und zog ihn weiter die Straße hinunter.
„Ich weiß sowieso alles. Amnesty wurde gegründet, weil dieser Engländer mitbekam, wie Studenten etwas gegen Salazar in einer Kneipe sagten und dafür sieben Jahre aufgebrummt bekamen. Du und deine Freunde, ihr habt dafür gesorgt, dass das neu gegründete Büro von Amnesty in London auf dem aktuellsten Stand war, was Verhaftungen anging."
Neben ihnen rauschte der Autoverkehr. In den Geschäften, an denen sie vorbeikamen, konnte man die

neueste Frühjahrsmode bewundern. Hautenge Hosen waren wieder modern, dazu trugen männliche wie weibliche Schaufensterpuppen kurze Lederjäckchen, die sich kaum voneinander unterschieden und von denen Elisabetha fand, dass sie albern aussahen.

„Du stellst dir unsere Arbeit zu groß vor. Ja, wir haben über einen Kontaktmann einen geheimen Weg gefunden, London Informationen zukommen zu lassen. Aber was hat das schon genutzt? So viele der lieben Menschen, die ich kannte, sind in Gefängnissen verschwunden."

„Ihr nicht."

„Das stimmt. Wir haben uns nicht erwischen lassen."

„Mutig wart ihr."

„Wir wollten nicht nichts tun. Rings um uns erstarrten die Menschen in Angst und Elend. Ein Drittel der Bevölkerung waren Analphabeten, die Regierung wollte das Volk dumm und arm halten. Dagegen haben wir aufbegehrt. Wir waren jung, später nicht mehr ganz so jung, aber doch agil genug. Das ist mein Blut, Isabella hat es von mir geerbt, wir können nicht die Füße still halten, wenn irgendwo eine Ungerechtigkeit geschieht. Auch, wenn es gefährlich ist."

„Ich weiß. Ihr seid zwei kampfbereite Amazonen, ich bewundere das. Wenn ich doch auch so wäre."

Elisabetha drückte Joãos Arm. „Jeder nach seiner Fasson, du bist Künstler, das kostet auch Mut."

„Wenn ich jetzt aufgebe, war alles umsonst."

„Wer redet denn von aufgeben?", fragte Elisabetha ruhig und registrierte, dass von ihrer Enkelin nichts mehr zu sehen war. Sie würde im Café bei der Praça do Commercio auf sie warten.

„Es ist so schwer, die Sachen, die ich mache, zu verkaufen. Malen ist leicht, aber mit dem Geschäftlichen komme ich nicht klar", klagte João und fühlte sich in

Gegenwart der politischen Kämpferin von einst mehr denn je wie ein Versager.

„Nimm dir einen Agenten, ich habe gehört, das tun alle Künstler heutzutage."

„Der macht Termine für mich und handelt Ausstellungen aus, und ich muss dann da hin und verliere meine Freiheit."

„Schöne Freiheit, mein Lieber! Freiheit ohne Geld ist auch nichts wert, merk dir das."

João schwieg und Elisabetha ließ ihn schmollen. Da liegt der Hase im Pfeffer, dachte sie, der junge Mann hat noch immer zu viele Flausen im Kopf. Ein Wunder, dass Isabella so gut mit ihm zurechtkommt. Isabella, die Nüchternheit in Person. Doch auch hier ist es wohl wie meistens in der Liebe, Gegensätze ziehen sich an.

„Jeder sagt mir, ich soll mir einen Agenten nehmen. Es muss auch ohne gehen."

Elisabetha seufzte. „Sprach die Weberin und schlug sich die rechte Hand ab."

João lachte laut auf. „Von wem hast du das?"

„Von mir. Nein, von meiner Mutter. Sie sagte das immer zu mir, wenn ich meinte, ich brauchte nicht das zu tun, was die anderen taten."

„Warst du genauso stur wie ich?"

„Noch viel, viel sturer. Meine arme Mutter hat mich oft mit einem Esel verglichen, nicht bereit einen winzigen Zentimeter zur Seite zu gehen."

„Hört sich an, als hättest du dir das Leben ganz schön schwer gemacht."

Elisabetha gab keine Antwort und grinste in sich hinein.

Redwoods

Im Wald duftete es würzig nach feuchtem Holz und Laub. Das Sonnenlicht spielte zwischen den Zweigen der Bäume und zauberte rötliches Leuchten, wo es auf den gewaltigen Stamm eines Redwoods traf. Manche der Baumriesen waren so breit, dass ein Bus mühelos durch sie hätte hindurchfahren können. Sie strahlten eine majestätische Ruhe aus, die Cynthia guttat. Hoch in den Wipfeln knarzten sie leise, sonst war es bis auf das gedämpfte Klopfen eines Spechts vollkommen still im Wald

Cynthia saß mit dem Rücken an einen Mammutstamm gelehnt und hatte ihr Notizbuch vor sich auf den Knien. Heute wollte sie endlich weiterkommen mit der Planung ihres Romans. Sie hatte seit der Reise zu dem Clochard in Santa Monica in den Tag hinein gelebt und war jetzt im Verzug. Wohl schrieb sie täglich einige Seiten, wusste aber schon während des Tippens, dass alles, was sie produziert hatte Schrott war.

Eine Freundin hatte ihr geraten, sich Zeit zu geben, um um Peter zu trauern. Doch selbst wenn sie dazu bereit gewesen wäre, was sie nicht war, saß Cynthia ihr Verlag im Nacken. Sie hatte Abgabetermine. Wenn sie ihren Lektor enttäuschte, würde es schwierig werden, bei künftigen Projekten mit ihm zusammenzuarbeiten.

Ihr Lektor war begeistert von der Idee gewesen, einen Roman über Käthe Paulus, mit Künstlernamen Miss Polly, eine Pionierin der Ballonfahrt und Erfinderin des zusammenlegbaren Fallschirms zu schreiben. Interessante, abenteuerlustig Frauen kamen beim Lesepublikum immer gut an.

Cynthia hatte den groben Aufbau des Romans skizziert, sie wollte nicht linear erzählen, die Geschichte sollte dort anfangen, wo Käthe alles verloren hatte, ihren Mann durch einen Ballonabsturz, ihren kleinen Sohn durch Krankheit. Danach bekam Käthe einen Nerven-zusammenbruch, ihre Nieren versagten und sie blieb monatelang im Bett. Doch sie erholte sich wieder, und erst nach der überstandenen Krise begann ihre Karriere wirklich. Sie kaufte einige Ballons und trat mit Kunststücken in vielen Großstädten Europas auf. Ihre Tourneen waren immer ausverkauft, die Leute jubelten ihr zu, wenn sie ihren berühmten Doppelabsturz machte. Dazu stieg sie mit einem Ballon auf, sprang mit einem Fallschirm aus großer Höhe ab und löste sich dann nach ein paar Sekunden auch von diesem Fallschirm, schwebte kurz ohne alles in der Luft, bis sich ein zweiter Schirm öffnete und sie sicher auf den Boden brachte. Das Erstaunliche an Käthe Paulus war, dass sie keine nennenswerten Unfälle erlitt, obwohl sie einmal sogar mit einem Ballon unterwegs war, der in über dreitausend Metern Höhe platzte und sie in rasender Geschwindigkeit abstürzen ließ. Doch sie und ihr Passagier trugen nur ein paar Prellungen und Schürfwunden davon, sonst nichts.

Cynthia war tief beeindruckt beim Lesen der wenigen Information, die es über Käthe Paulus gab. Nicht nur, dass sie eine tollkühne Luftschifferin und Akrobatin gewesen war - manchmal hängte sie auch ein Fahrrad statt einem Korb an den Ballon - sie war außerdem eine geniale Erfinderin und Geschäftsfrau. In späteren Jahren entwickelte sie einen zusammenfaltbaren Fallschirm, der kriegswichtig im Ersten Weltkrieg wurde und ihr das Verdienstkreuz für Kriegshilfe einbrachte. 1921 erhielt sie in der Schweiz das Patent auf ihre Erfindung.

Je mehr Cynthia sich auf die Suche nach Käthchen, wie sie oft genannt worden war, machte, desto spärlicher wurde, was sie zutage förderte. Sie beschloss einen

Roman über eine Einzelgängerin wider Willen zu schreiben, über eine, die alles verloren hatte und gerade daraus eine unvorstellbare Kraft geschöpft hatte. Vielleicht dachte Cynthia, schreibe ich in Wirklichkeit einen Roman über mich, nur dass ich leider nicht Käthchens Mut habe.

Es gab eine Sache in Käthchens Leben, die rätselhaft war, vielleicht ungewöhnlich, vielleicht auch typisch für ihre Zeit und die Cynthia beschloss zum roten Faden des Romans zu machen. Käthchen hatte zeitlebens mit ihrer Mutter zusammen gewohnt. Cynthia fragte sich, wie diese einfache Hausfrau, Ehefrau eines Schmieds aus der Nähe von Frankfurt, wohl auf die extravaganten Unternehmungen ihrer Tochter reagiert hatte. Ein kompliziertes Psychogramm der Abhängigkeiten zwischen Mutter und Tochter konnte der Kern des Romans werden. Einerseits würde die Mutter freundlich sein, andererseits launisch und herrschsüchtig. Käthchen wäre dagegen eine pflichtbewusste Frau, die die Mutter mit ihren Unternehmungen ernährte, auch in ihrem erlerntem Beruf als Schneiderin. Denn sie schnitt selbst Tausende von Fallschirmen zu und ließ sie von Näherinnen fertigen, um sie für den Krieg ans Heer zu liefern.

Cynthia beschloss, dass Käthchen all diese Dinge tun würde, um nur einmal ein Lob aus dem Munde der Mutter zu hören. Sie hoffte, dass sie der wahren Käthe Paulus damit nicht all zu Unrecht tat, aber es ließ sich nicht vermeiden, dass sie Konflikte erfinden musste, wo dürre Fakten ein unvollständiges Bild abgaben. Ohne Konflikt, Leid und Schmerz würde das Buch sterbenslangweilig werden.

Als Schriftstellerin war Cynthia berühmt für ihre auf Tatsachen basierenden, spannenden Romane. Vielschichtige und gut geschriebene Werke, die weltweit übersetzt wurden und für die sie auch schon einige Preise verliehen bekommen hatte. Peter hatte immer gesagt, dass er stolz auf sie war, auf ihr Können und ihre Berühmtheit, aber sie hatten nie geheiratet, und so war er nie als der Mann an ihrer Seite in der Öffentlichkeit aufgetreten. Cynthia wusste nicht einmal mehr, warum sie nicht geheiratet hatten. Heirat und auch die Frage, ob sie Kinder haben wollten, all das hatten sie immer von sich geschoben.

Für sie war es klar gewesen, dass sie nicht auf die Liebe verzichten wollte, wohl aber auf das konventionelle Leben einer Ehefrau und Mutter. Sie war davon ausgegangen, dass es Peter genauso ging.

Cynthia zwang ihre Gedanken zurück zu Käthchen.

Sie entwarf einen verwegenen Liebhaber für die jung verwitwete Käthe, der der Mutter natürlich nicht passte, überlegte, ob er ein Ausländer sein sollte, Franzose vielleicht. Am besten auch Luftschiffer. Dann verwarf sie die ganze Idee wieder, ließ Käthchen lieber allein mit ihrer großen Liebe zu ihrem verstorbenen Mann Julius, für immer unfähig, sich in einen anderen Mann zu verlieben.

Es sollte nicht kitschig werden, warnte sie sich selbst und schrieb eifrig an ihrem Konzept. Langsam kam sie hinein in die Materie, die Personen erwachten in ihrem Kopf zum Leben, und sie fühlte sich nicht mehr im nordamerikanischen Wald, sondern im Deutschland zu Beginn des zwanzigsten Jahrhunderts. Sie atmete die Luft dort, sah im Geiste die altertümlichen ersten Autos, mit großen, außen montierten Rädern wie Karren und ohne Kotflügel. Straßenbahnen fuhren durch die Städte und auf den Flüssen verkehrten Dampfschiffe.

In dieser anregenden Atmosphäre hatte Käthchen in einem schicken Matrosenanzug mit Pluderhosen und

Schnürstiefeln ihre Shows veranstaltet. In Frankfurt war sie oft vom Zoologischen Garten aus mit ihrem Ballon in die Luft gestiegen, Tausende hatten dabei zugesehen, dann hatte sie ihren berühmten Doppelabsturz vor der Stadt gemacht und war mit einer Kutsche Stunden später wieder am Zoologischen Garten erschienen, wo die Menge sie noch immer erwartete. Ein Spektakel, bei dem Würstchen verkauft wurden - die berühmten Frankfurter, stellte sich Cynthia vor - und Bier. Einmal hatte Käthchen an einem einzigen Tag zwanzigtausend Eintrittskarten verkauft.

Als es kühler wurde, stand das Konzept für den Roman, und auf dem Weg zu ihrer Hütte gesellte sich Mr Smith zu Cynthia, der den Tag mit geheimen Kateraktivitäten verbracht und nun ordentlich Hunger hatte.

„Wenn es so weiter geht, kann ich nächste Woche mit dem Schreiben anfangen", erzählte Cynthia ihm. Mr Smith gab wie üblich keine Antwort, er blieb aber kurz stehen und sah sie mit einem zugekniffenen Auge an.

„Vielleicht", redete sie weiter, „gehen wir bald zurück in die Stadt. Ich weiß schon, du hast es hier lieber, aber ich muss Menschen um mich haben, volle Straßen und Cafés, sonst kann ich nicht über Käthchen schreiben. Hoffentlich bist du nicht böse deswegen."

Mr. Smith war der einzige Vertreter seiner Art, den Cynthia kannte, mit dem man problemlos umziehen konnte. In San Francisco spazierte er von ihrem Balkon aus über die Dächer, hier streifte er tagelang durch den Wald. Er fuhr gern Auto, saß dann immer vorne neben ihr auf dem Beifahrersitz. Er begleitete sie auf langen Wanderungen in die Berge. Er hatte keine Angst vor Menschen, sprang jedem auf den Schoß, mit Vorliebe denen, die eine Abneigung gegen Katzen hatten.

„Du bist schon was", sagte sie und bückte sich, um ihn zu

streicheln. Er schnurrte leise, sie hob ihn vorsichtig an seinem Schwanz hoch, etwas, das er gern mochte, auch wenn niemand ihr das glaubte, und er ließ sich auf die Seite fallen, damit sie seinen Bauch kraulen konnte. Danach schritten sie beide gemächlich auf die Hütte zu, wo sie Feuer im Ofen machte und für sich eine Suppe aufsetzte. Für ihn öffnete sie eine Dose Thunfisch und füllte den blechernen Fressnapf. Nach dem langen Tag im Wald hatte sie einen Bärenhunger, und Mr. Smith ging es ähnlich. Er schmatzte und leckte die Schüssel bis auf den letzten Rest aus. Dann stellte er sich neben sie und maunzte kläglich.

„Du dicker verfressener Kater", schimpfte Cynthia, aber sie öffnete doch noch eine zweite Dose, genau wie Mr. Smith es vorausgesehen hatte.

Das Telefon klingelte, gerade als Cynthia ihre Notizen, auf dem Tisch ausgebreitet hatte und anfangen wollte, sie in ihren Laptop einzutippen. Sie klemmte sich das Mobiltelefon zwischen Ohr und Schulter. Melissas leicht gehetzt klingende Stimme verkündete ohne Begrüßung: „Stell dir vor, Cyn, ich habe eine neue Wohnung gefunden, noch drei Wochen und ich bin hier raus. Ich bin so was von erleichtert, ich dachte schon, ich finde nie mehr was und jetzt das. Die Wohnung ist groß und alles. Eine wirklich tolle Wohnung. Naja, du wirst sie ja selbst sehen. Wie geht 's dir denn da oben, so allein?"

„Ganz gut. Aber ich habe mal wieder genug von Wölfen und Bären. Ich komme zurück."

„Echt? Ich meine, gibt es da oben wirklich Wölfe und Bären?"

„Keine Ahnung", Cynthia lachte. „Das müsstest du Mr. Smith fragen. Aber wundern tät 's mich nicht."

Melissa stieß einen unterdrückten Schrei aus. „Mein Gott, Cyn. Ich war wieder nicht bei dir oben, dabei habe ich es dir doch fest versprochen. Ich bin schrecklich. Wie lange hast du die Hütte jetzt schon?"

„Vier Jahre", sagte Cynthia ungerührt. Sie kannte Melissas Abneigung gegen die wilde Natur, und das tat ihren herzlichen Gefühlen keinen Abbruch. Melissa war ihre beste Freundin seit der Highschool.

„Sag bloß, du wolltest mich besuchen kommen", neckte Cynthia sie. „Dann bleibe ich noch, auf einen Tag mehr oder weniger kommt es nicht an."

„Sehr nett von dir", sagte Melissa und fing an zu kichern. „Ich glaube, ich treffe dich lieber downtown als bei den Bären."

„Wie ist das Wetter in der Bay?", fragte Cynthia, die wusste, dass es in San Francisco häufig bewölkt und regnerisch war.

„Kalt und grau", antwortete Melissa vergnügt. „Na, willst du nicht doch lieber oben bleiben?"

„Das schreckt mich nicht", behauptete Cynthia tapfer. „Was ist? Treffen wir uns morgen Abend bei mir?"

„Morgen geht nicht. Carl und ich sortieren unser Zeug auseinander. Bücher und so. Aber Donnerstag wäre fein."

Nach der langen Zeit in den Bergen, in der sie manchmal tagelang das Auto stehen lassen hatte und nur zu Fuß gegangen war, erschrak sie vor dem Großstadtverkehr. Sie biss nervös auf ihrem Daumen herum während vor und hinter ihr Abgase in die Luft gepustet wurden und die Menschen geduldig warteten, dass die Autoschlange sich weiter bewegte.

„Schläfst du?", fragte sie den zusammengerollten Kater, der neben ihr auf dem Beifahrersitz lag. Sie langte hinüber, um zu fühlen, ob er schnurrte, und das tat er.

„Du bist ein komischer Kater", sagte sie zu ihm.

Es war beruhigend, ihn unter ihrer Hand vibrieren zu

fühlen. Ob sie in einer halben oder in einer ganzen Stunde zu Hause sein würde, war doch egal. Sie musste heute nirgends mehr hin weshalb also die Ungeduld?

Weil ich es nicht ertrage, Ruhe zu geben. Immer wenn ich das muss, denke ich an Peter, und das will ich nicht. Andererseits will ich mich auch nicht zu Tode hetzen, ich muss wieder lernen, mit mir selbst auszukommen. Nach der Trennung ist mir das doch auch gelungen.

Da war er auch nicht tot, sagte die Stimme in ihr.

Was willst du damit sagen?, fragte sie gereizt.

Nichts. Nur dass du ein schlechtes Gewissen hast, weil er tot ist.

Er hat sich wahrscheinlich umgebracht, weil er unsere Trennung nicht verkraftet hat.

Wer weiß. Du wirst keine Ruhe haben bevor du es herausgefunden hast.

Soll ich Detektivin spielen, soll ich mir eine Sherlock Holmes Mütze auf den Kopf setzen und mit einer Lupe herumrennen?

Du weißt genau, was ich meine, sagte die Stimme.

Nein, zufällig nicht.

Wirklich nicht?

Wirklich nicht.

Okay. Wie wäre es damit? Peter hat sich gar nicht umgebracht.

Cynthia trommelte ungeduldig mit den Fingern auf dem Lenkrad. Am liebsten hätte sie das Fenster geöffnet und die Stimme in die von Abgasen verpestete Luft befördert.

Peter hat sich gar nicht umgebracht?, stellte sich Cynthia dumm. Wie meinst du das?

Wie ich es sage. Peter. Hat. Sich. Nicht. Umgebracht. Punkt. Könnte doch sein.

Wir sind hier nicht in einem Krimi.

Sei dir da mal nicht so sicher.

Du weißt, dass ich dich schätze. Ohne dich könnte ich nicht schreiben. Du bringst mich auf die abenteuerlichsten Ideen. Aber dieses Mal treibst du es zu weit.

Na gut, sagte die Stimme. Ich wollte dich nur darauf aufmerksam machen, dass du es nicht weißt. Du weißt nicht, was mit Peter passiert ist. Es könnte alles mögliche sein. Ist doch so.

Die Polizei sagt, er ist von einem Felsen gesprungen.

Glaubst du sonst auch immer, was die Polizei sagt?, tönte es in ihrem Kopf.

Eins zu null für dich. Also was schlägst du vor? Sie ließ den Wagen ein paar Meter nach vorne rollen.

Nichts Bestimmtes. Lass uns einfach die Augen offen halten. Und die Ohren.

Eigentlich habe ich genug davon. Dieser Penner in Santa Monica, ich hatte mir so viel von einem Gespräch mit ihm versprochen, und dann kam er mit diesen halbgaren Geschichten daher.

Was war daran halbgar?, fragte die Stimme.

Er ist paranoid, das sieht ein Blinder. Er meinte, irgendwelche dunklen Hintergrundmächte haben seine geliebten Delfine getötet. Das ist doch alles Blödsinn, wenn du mich fragst.

Ja, ich frage dich, sagte die Stimme sanft. Was, wenn etwas dran ist an seiner Geschichte? Wenn nur ein winziges Stückchen daran stimmt. Was dann?

Du meinst, wenn es in diesem Institut wirklich nicht mit rechten Dingen zugeht?

Die Stimme schwieg.

Peter hat mal gesagt, dass ihm die Arbeit nicht mehr so viel Spaß macht wie früher. Zu viele Leute pfuschen ihm rein, hat er wörtlich gesagt. Ich habe damals nicht nachgefragt, was er damit meinte. Ich dachte, es ginge um irgendwelche Streitereien unter Kollegen. Es war mir nie besonders wichtig, zu verstehen, mit was er sich beschäftigte, eines meiner zahllosen Versäumnisse. Lässt sich nicht mehr ändern. Ob ich etwas rauskriegen würde, wenn ich bei ihm im Institut nachforsche?

Die Stimme war jetzt ganz still. Cynthia fuhr konzentriert durch den chaotischen Verkehr und versuchte nicht weiter über Peter und seine Arbeit nachzudenken. Noch hatte sie keine Entscheidung getroffen.

Melissa und Cynthia hatten sich vor Melissas neuer Wohnung verabredet. Zusammen fuhren sie mit dem Lift in den vierten Stock des mit viel Glas gebauten Appartementhauses und bewunderten den Innenhof, den die Architekten nach Fengshui angelegt hatten.

„Da ist auch ein kleiner Teich!", rief Cynthia begeistert. „Und da, dieses große Schilf, was soll das?"

„Du wirst es nicht glauben", lächelte Melissa. „Das ist die hauseigene Kläranlage. Der Makler hat mir erklärt, wie sie funktioniert, das meiste davon habe ich sofort wieder vergessen. Nur so viel: Abwässer werden in den Hof geleitet, und das Schilf verwandelt sie zurück in normales Wasser. Wie auch immer das im Einzelnen abläuft."

„Ist das Haus grün?"

„Es hat niedrigen Energieverbrauch, Regenwasser-gewinnung und all das Zeug. Ein paar Kollektoren sind auch auf dem Dach", bestätigte Melissa.

„Klasse, Mel. Das war immer mein Traum, in so einem Haus zu wohnen, und dir gelingt es, ohne dass du danach gesucht hättest."

„Stimmt. Der Umweltschutz ist mir egal. Mir gefallen die großen Fenster und der Sonnenbalkon, der auf den Innenhof rausgeht. Du siehst es ja gleich selbst", antwortete Melissa und blieb vor einer Holztür stehen.

Sie schloss auf und ging voraus in die leere Wohnung.

„Hereinspaziert. Du bist die erste, die hier ist. Fühle dich bitte geehrt."

„Das tue ich. Es ist wirklich schön, du hast sogar Holzboden. Wo ist der Balkon?"

„Geradeaus, kannst du gar nicht verfehlen."

Cynthia warf einen kurzen Blick auf die hypermoderne Küche, die eigentliche Sensation aber war der Balkon. Nicht nur, dass er mindestens so groß wie die Wohnung war, er hatte auch breite Beete an seinen geschwungenen Rändern. Mit Erde gefüllte Betonbecken, in die Melissa Sträucher und sogar kleine Bäume pflanzen konnte.

„Hier lässt es sich leben", lobte Cynthia. „Kann sein, dass du mich in Zukunft noch öfter bei dir siehst als bisher."

„Nur zu. Ich sehe uns schon rauschende Sommerfeste hier feiern, wenn ich erstmal einen kleinen Wald angelegt habe, der uns vor den Blicken der anderen schützt. Azaleen dachte ich, Rhododendren, irgendwas halt."

Cynthia nickte gedankenverloren. Sie war schon dabei, im Kopf einen kleinen japanischen Garten für ihre Freundin zu entwerfen, komplett mit rotem Federahorn, Zierkirsche und einem Bereich mit Bonsais.

Stop. Das war nicht nach Melissas Geschmack. Die würde selbst keinen Finger rühren und irgendetwas Pflegeleichtes von jemandem einpflanzen lassen.

Trotzdem konnte sich Cynthia nicht verkneifen, ihre Hilfe anzubieten. „Wenn du willst, kann ich dich beim Aussuchen der Pflanzen beraten."

„Nicht nötig, ich habe schon alles im Internet gefunden. Jeweils drei Azaleen und drei Rhododendren, dann noch ein paar Rosenbüsche und fertig. Das kommt alles morgen, und ich setze es dann gleich ein."

„Du?", fragte Cynthia und sah ihre Freundin zweifelnd an. „Hast du denn Gartengeräte und Handschuhe?"

Melissa prustete los. „Du bist wie meine Mutter, Cyn. Die Gartensachen kommen zusammen mit den Pflanzen. Vielleicht werde ich auf meine alten Tage noch eine leidenschaftliche Gärtnerin, wer weiß."

„Möglich ist alles. Es wird bestimmt hübsch, wenn die Büsche blühen."

„Bestimmt. Ich habe extra drauf geachtet, dass sie verschiedene Blütezeiten haben und natürlich, dass alles pflegeleicht ist. Das Zeug braucht nichts, kein Gießen, kein Düngen. Obwohl", sie zögerte, „obwohl man natürlich düngen kann. Schaden kann das ja nie."

„Nein, schaden kann das nicht", sagte Cynthia. Sie begann sich an den Gedanken von Melissa als einer Hobbygärtnerin zu gewöhnen. Dabei hätte sie Stein und Bein geschworen, dass Melissa nie und unter gar keinen Umständen eine Schaufel in die Hand nehmen und damit in dreckiger Erde – ihre Worte – wühlen würde.

Cynthia beugte sich über die Brüstung und schaute hinunter in den Hof. Dort saßen ein paar Leute nahe beim Teich auf Holzbänken. Wahrscheinlich Bewohner der Anlage.

„Nett hast du's hier", rief sie Melissa zu, die sich in der Küche zu schaffen gemacht hatte. „Ist bestimmt leicht, hier Kontakt zu finden."

„Was sagst du?", schrie Melissa zurück. „Ich kann dich nicht hören."

„Nichts, ist nicht so wichtig. Was machst du eigentlich da drinnen?"

Melissa hatte kleine, bunt belegte Sandwiches gezaubert und war gerade dabei, eine Flasche Sekt zu öffnen.

„Wir feiern schon mal meinen Einstand. Wenn ich richtig eingezogen bin, gibt es natürlich noch eine House-warming Party für alle, aber so ein klitzekleiner Einstand für uns zwei alleine ist doch eine gute Idee."

Sie aßen im Stehen auf dem noch kahlen Balkon, prosteten einander zu, und Cynthia hatte den Eindruck, dass Melissa wieder ganz zufrieden mit sich und der Welt war. Das war in den letzten Monaten anders gewesen. Die Trennung von ihrem langjährigen Freund nahm Mel mit, vor allem, weil er es war, der sich von ihr trennte und das auch noch, weil er eine Neue hatte, die natürlich – natürlich, dachte Cynthia – jünger war. Mel hatte in den ersten Wochen der Verzweiflung nächtelang bei Cynthia auf dem Sofa gesessen, geheult und gezetert, hin- und hergerissen zwischen Traurigkeit, Wut und Angst. Cynthia war sich wie eine untreue Tomate vorgekommen, als sie in ihre kleine Berghütte gezogen war, weit weg von Mel. Sie hatten oft telefoniert, aber das war nicht dasselbe.

Doch Mel hatte die Zeit offensichtlich genutzt. Nicht nur, dass sie eine so tolle Wohnung für sich gefunden hatte, sie sah auch um Klassen besser aus als vor Cynthias Abreise.

„Wie geht es dir jetzt, mit dem Auszug und allem?"

„Nicht besonders. Aber ich gewöhne mich dran. Weißt du, es war gar nicht so schlecht, dass Carl und ich noch einige Zeit zusammen wohnen mussten, obwohl wir schon getrennt waren. Er hat sich wirklich verändert. Hat so ein komisches Gerät gekauft, mit dem er seine Bauchmuskeln trainiert. Carl! Kannst du dir das vorstellen?"

Cynthia schüttelte den Kopf. Wenn Melissa allmählich begann, Flecken und Makel an ihrem perfekten Carl zu entdecken, ging es aufwärts. Der Mann war Firmenberater, ein ziemlich bekannter dazu, Cynthia hatte ihn nie sonderlich gemocht, das aber ihrer Freundin verheimlicht. Melissa war so verliebt in Carl gewesen, und es schien ja auch als wäre alles in Butter. Er holte ihr die

Sterne vom Himmel, wie Melissa immer sagte. Teure Wohnung, Autos, Urlaube. Außerdem war er angeblich ein fantastischer Liebhaber.

„Es ist nun mal, wie es ist", sagte Melissa. „Ich kann es nicht ändern, ich kann nur meine Einstellung dazu ändern."

Nanu? Das klang nicht nach ihr, sonst machte sie immer Witze über diese Art von Sprüchen. Nannte sie Philosophie für Arme.

„Habe ich dir schon erzählt, dass ich seit neuestem Yoga mache?"

Yoga. Gärtnern.

Was wohl als Nächstes kam? Survivalcamp im Yosemitepark?

„Macht ihr auch Kopfstand und Handstand und solche Sachen beim Yoga?"

Melissa lachte. „Nein, es ist ziemlich unspektakulär. Wir liegen die meiste Zeit auf dem Rücken auf unseren Matten und verdrehen den Körper. Jeder macht nur das, was er kann. Der Yogalehrer hat gesagt, dass man nur bis zu seiner Grenze üben darf."

„Interessant."

Sie stießen noch einmal an, und Cynthia sagte: „Auf dein neues Leben. Neue Wohnung, neue Haare, neuer Sport."

Sie kicherten. „Melcyn, das seid ihr" hatte Melissas Bruder einmal gelästert. „Das Wesen mit den zwei Köpfen, vier Armen und vier Beinen."

Melcyn. Ihnen hatte das gefallen.

Und jetzt waren sie beide wieder Single.

In den nächsten Tagen weihte Cynthia ihre Freundin nach und nach in alles ein. Wie erwartet reagierte Melissa ziemlich ablehnend auf Cynthias Plan.

„Abgesehen von den praktischen Fragen, sehe ich keinen Sinn darin, Cyn", sagte sie. „Du glaubst doch nicht im

Ernst, dass Peter von jemand aus dem Weg geschafft worden ist wie in irgendeinem schlechten Spionagethriller. Mein Gott, er war Meeresbiologe, nicht Geheimagent."

„Klar", räumte Cynthia ein, „aber es ist so ein Gefühl, du kennst das von mir, wenn ich einem neuen Stoff auf der Spur bin. Ich spüre einfach, dass was faul ist an der Sache mit Peter."

„Du bist eine Künstlerin, deswegen reagierst du so. Bei dir wird aus jeder Situation gleich eine komplette Geschichte. Aber das hier ist etwas anderes als deine Bücher, nämlich die Realität.

Cynthia seufzte. „Ich wusste, dass du das sagen würdest."

„Wenn es sonst niemand tut."

„Würdest du mir denn helfen?"

Jetzt war es Melissa, die seufzte. „Was hast du schon wieder ausgebrütet?", fragte sie genervt.

„Naja, ich kann ja schlecht im Institut auftauchen und nach Peter fragen. Die kennen mich da alle. Aber du.."

„Was soll ich machen?"

„Du könntest dich als angehende Biologin oder als Journalistin ausgeben. Oder als Naturschützerin. Ich weiß auch nicht so genau, mir ist die Idee erst eben gekommen."

„Mal angenommen sie glauben mir das, und ich fliege nicht auf. Was soll ich denn fragen? Entschuldigen Sie, sind Ihnen irgendwelche dunklen Mächte aufgefallen, die hier Morde verüben?"

„Das ist nicht witzig."

„Genau, das ist überhaupt nicht witzig, Cynthia. Sollte es wirklich irgendwelche geheimen Machenschaften im Institut geben, dann könnte das verdammt gefährlich werden."

„Aha. Erst machst du dich lustig über mich, weil ich

herumspinne, und jetzt redest du plötzlich von Gefahr."
„Ich habe nichts von Herumspinnen gesagt. Ich möchte nur nicht, dass dir was passiert. Ist das so schwer zu verstehen?"

Delfine, Delfine, Delfine

Der Flug verging mit Plaudern und Lesen, und João und die anderen fühlten sich ausgeruht bei der Landung in New York. Sie fuhren auf direktem Weg ins Hotel, Isabella hatte noch eine Besprechung mit ihren Kollegen, und João wollte spazieren gehen. Es war ein schöner Nachmittag, der dazu verlockte, den Central Park zu besuchen und durch die umliegenden Straßen zu stromern. João freute sich auf das Wiedersehen mit seinen Stammcafés und -läden, ganz in der Nähe des Central Parks hatte er damals gewohnt, in seiner wilden New Yorker Zeit, und dort waren sie auch diesmal abgestiegen.

Nach einigen Nächten, in denen er innere Kämpfe ausgefochten hatte, hatte sich João entschlossen, Dave direkt zu fragen, wie es mit ihrer Zusammenarbeit weitergehen sollte. Dave wusste nicht, dass João in der Stadt war. Noch nicht.

Silvio arbeitete sogar während der Taxifahrt an seinem Laptop, er würdigte die Aussicht keines Blickes. Ein Ort mehr, an dem sie Recherchen machen mussten, Leute interviewen, fotografieren.

João hatte nur eine ungenaue Vorstellung davon, was es bedeutete, ein Starjournalist zu sein, er stellte sich viel Druck und Hektik vor, und allein der Gedanke daran, dass Isabella täglich in dieser Mühle steckte, ließ ihn erschauern. Wenn er ehrlich war, musste er zugeben, dass er nach Möglichkeit versuchte, auszublenden, was Isabella tat.

Hier würde das vielleicht nicht ganz so leicht werden wie auf Madeira.

„Was hast du heute vor?", fragte Isabella, und hob den Kopf von seiner Schulter

„Central Park und was sich sonst noch so ergibt. Alte Erinnerungen auffrischen."

„Ich würde dich so gern begleiten, aber du weißt ja, es geht nicht."

Andreia, die die meiste Zeit während des Fluges geschwiegen hatte, meldete sich zu Wort: „Wir machen es uns auch gemütlich. Hält uns keiner davon ab, unsere Besprechung draußen in der Sonne..."

„Gute Idee", unterbrach Silvio sie. „Und wo gehen wir heute Abend essen?"

Mittlerweile war das Taxi im Zentrum angekommen und der Verkehr war ohrenbetäubend. Dazu hörte ihr jamaikanischer Fahrer auch noch in voller Lautstärke Reggae.

„Chinesisch?", fragte João. Er liebte die chinesische Küche in London oder New York. Bei sich zu Hause verzichtete er lieber auf sie, irgendwie bekamen es die Chinarestaurants in Portugal nicht so hin. Vielleicht, weil sie versuchten, sich an die portugiesische Küche anzupassen. Dabei kam nichts Gutes raus, fand João.

„Chinesisch ist gut", sagte Andreia. „Kennt ihr den Goldenen Stern?"

Alle schüttelten die Köpfe.

„Der Koch ist Malaie, sie haben viele Kleinigkeiten in Bananenblätter eingewickelt."

Silvio leckte sich die Lippen. „Hör auf. Mein Magen knurrt schon wie verrückt."

Das Taxi hielt, und Isabella bezahlte den Fahrer.

„Dafür schuldet ihr mir alle zusammen das Essen heute Abend", sagte sie. „Ich freu mich schon."

Das Golden Star war wirklich speziell. Klein, fast schäbig, mit ramponierten Bambusstühlen und Tischen, dabei überladen mit Nippes. Goldene Buddhastatuen und

Drachenfiguren. Die düstere Atmosphäre gefiel João, bestimmt war die Küche erstklassig, ein Geheimtipp, denn ein Laden, der so wenig auf sein Äußeres gab und dabei so voll war, musste gut sein.

Sie wurden zu ihrem Tisch begleitet und eine chinesische Kellnerin, die aussah, als wäre sie gerade vierzehn geworden, nahm ihre Bestellung auf.

„Ich nehme an, es ist geheim, was ihr vorhabt", sagte João und spielte mit seinem Bierdeckel.

„So geheim auch wieder nicht." Silvio sah ihn einen Moment scharf an. „Isabella erzählt dir nie was, oder?"

„Nur weil er sich dann aufregt und sich Sorgen macht", verteidigte sich Isabella.

„Schon klar. Trotzdem darf João wohl erfahren, dass wir hier sind, um Unregelmäßigkeiten, um es einmal vorsichtig auszudrücken, der amerikanischen Regierung während des Irakkriegs aufzudecken."

„Tut mir leid, wenn ich so blöd frage, aber ihr seid Portugiesen wie ich. Ich würde doch annehmen, dass die amerikanischen Medien schon alles gedruckt haben, was es zu dem Thema zu sagen gibt."

„Klar nimmst du das an. In der Welt wird wenig darauf geachtet was in portugiesischen oder türkischen Zeitungen steht, da mache ich mir keine Illusionen. Aber unsere Leser, die Portugiesen in diesem Fall, haben ein Recht darauf, nicht nur recycelte internationale Nachrichten vorgesetzt zu bekommen. Sie haben ein Recht auf gut recherchierte und geschriebene Artikel, auf Information, die wirklich Gehalt hat."

Silvio war in seinem Element und warf den Kopf in den Nacken.

„Für mich ist nicht entscheidend, wie viele Menschen wir erreichen. Wir wollen den Leuten die Wahrheit zugänglich machen, ihnen die Möglichkeit geben, sich umfassend zu informieren."

Am Telefon war Dave knapp gewesen. Aber er hatte João eingeladen, ihn bei sich zu Hause zu besuchen. Zu Hause, das war die riesige Loftwohnung über den Dächern Manhattans.

Es war keine Einbildung, Dave verhielt sich kühl. Keine Witze, keine überschwänglichen Komplimente. Dafür Erklärungen über den Kunstmarkt. Dass, der im Moment äußerst sensibel reagierte auf Abgekupfertes.

„Natürlich will ich damit nicht sagen, dass deine Sachen abgekupfert sind", sprudelte Dave, „aber das Realistische, dieses Collagenhafte, das ist schwierig. Sicher werde ich es versuchen, aber, sieht schlecht aus, alter Freund. Zumindest diese Saison."

Nichts hatte João in der Hand, keinen Vertrag, keine Absicherung. Dave war ihm nichts schuldig, wie er auch anders herum nichts dafür bekommen hatte, dass er João die Türen in New York geöffnet hatte. Ein Mäzen, der seine Gelder hierhin und dorthin fließen ließ. Launenhaft, wie eine Diva.

„Gut", sagte João beherrscht, „das ist die künstlerische Freiheit. Ich wollte es ja so, die afrikanischen Muster hatte ich satt, also beschwere ich mich auch nicht."

„Warum bist du eigentlich in den USA?", fragte Dave.

„Ich begleite Isabella bei einer Recherchereise."

„Aha. Geheim?"

„Hat was mit dem Irakkrieg zu tun, mehr weiß ich auch nicht."

„Muss komisch sein, wenn die eigene Frau so viele Geheimnisse vor einem hat", frotzelte Dave.

„Muss komisch sein, seit Jahren nur bezahlte Frauen zu haben."

Daves Gesicht wurde blass, dann verzog er es zu einem

angestrengten Lächeln. „Das nächste Mal meldest du dich aber vorher an. Damit ich auch Zeit für dich habe."
Demonstrativ hielt er die goldene Rolex in die Luft.
„Mein Lieber, hat mich gefreut", säuselte er kurz darauf.
„Ich bringe dich zur Tür. Wir telefonieren."
Dave würde ihm das nie verzeihen.
Erleichterung, blieb trotzdem das Einzige, das João fühlte. Mums Freundin Carol wollte ihm in London helfen, und er hatte Freunde in New York, die Beziehungen zu Museen hatten. Die Galerien besaßen, die ihm wohlgesonnen waren. Nur aus Bequemlichkeit hatte er sich in Dave verbissen. Als gäbe es nur diese eine Möglichkeit.
Auch Isabella sah es so.
„Es wurde Zeit."
„Ich habe ihm meine Karriere zu verdanken."
„Den Anfang deiner Karriere", verbesserte sie. „Du bist längst darüber hinaus. Du kennst die Geschichte von dem Adler, der dachte, er sei ein missratenes Huhn?"
„Von Avô, oder?"
Sie nickte. „Da war ein Adler, der wuchs auf einem Hühnerhof auf."
„Nicht", er hielt sich die Ohren zu, „ich kann jetzt keine Fabel von Avô ertragen. Ich brauche etwas zu essen. Müssen wir die anderen mitnehmen?"
„Müssen wir nicht. Sie sind schon weg. Wir sind frei."
Hand in Hand gingen sie los.
Isabella fühlte sich glücklich, weil sie João bei sich hatte. Natürlich war es blöd gelaufen mit Dave, João der Hitzkopf hatte es verbockt – sie biss sich auf die Lippen, um nicht zu grinsen – doch endlich hatte João Dave abserviert. Sie mischte sich niemals in Joãos Beruf ein, wie sie auch von ihm keine Kritik an ihrer Arbeit duldete, vielleicht war das ein Fehler? Sie hätte schon vor Jahren

sagen wollen: „Dave ist nicht sauber." Aber heute wie damals konnte sie ihm nichts beweisen.

Kunst war ein schmieriges Geschäft, nicht weniger als Politik. Leute kauften Kunstwerke, um darin Geld zu verstecken, es zu waschen oder als bloße Wertanlage. Viele Käufer hängten die Bilder nicht einmal auf, sondern stapelten sie im Tresor. Isabella wollte nicht, dass João auf dem hart umkämpften Markt desillusioniert wurde. Sie wollte einen Agenten an seiner Seite wissen, einen der die Püffe für ihn einstecken würde.

Sie hatten jeder zwei große dampfende Portionen Nudeln vor sich stehen und fielen mit Heißhunger darüber her. Während sie aßen, wechselten sie kein Wort. Erst beim Grappa fragte João nach Isabellas Tag.

Sie lächelte. „Eine Spur habe ich, sie führt zur Marine. Wenn du versprichst, mit niemandem darüber zu reden, sage ich dir, was ich rausgefunden habe."

„Versprochen."

„Dieser pensionierte Navy Admiral wusste etwas Sie arbeiten mit einem Institut zusammen, das Bewusstseinsforschung bei den Tieren macht, die sind drüben an der Westküste."

„So was Ähnliches hat mir auch Raphaela erzählt", dachte João laut.

Isabella runzelte die Stirn. „Wer ist Raphaela?"

„Die neue Flamme von George, sie ist Meeresbiologin. Tauchlehrer und Meeresbiologin, das passt doch sehr gut, findest du nicht?"

„Doch. Was hat sie gesagt?"

„Genau erinnere ich mich nicht. Sie meinte, dass Bewusstsein bedeutet, von der eigenen Existenz zu wissen und dass die Forschung sich uneins ist, ob Meeressäuger ein Bewusstsein haben oder nicht. Dann erzählte sie noch, dass Delfine verletzte Artgenossen stützen, wenn die sich nicht mehr selbst an der Wasseroberfläche halten können."

„Der Navy-Admiral sah es nicht ganz so romantisch, aber er war ziemlich sauer über Forschungen, die Delfine benutzen. Hast du schon mal vom Meeressäugerprogramm der Navy gehört." João schüttelte den Kopf. Seine Isabella! Bestimmt war es gefährlich, der Navy ins Zeug zu pfuschen. Daran wollte er lieber nicht denken. „Sie haben Seelöwen und Delfine dazu ausgebildet, Minen zu legen, dort, wo menschliche Taucher nicht oder nur schwer hinkommen."

„Explodieren die Tiere dann mit?", fragte er erschreckt.

„Nein. Sie schwimmen weg. Sie tun es aus Spieltrieb. Aber jetzt versuchen die Forscher etwas Neues. Kommt mir vor, wie ein ferngesteuertes Auto oder eher U-Boot."

„Das klingt nicht gut. Wir Menschen haben wohl vor gar nichts Respekt."

„Die Einzelheiten erspare ich dir. Noch haben sie es nicht geschafft, glaube ich. Aber, wer weiß, die Forschung läuft ja auf Hochtouren. Sie operieren die Tiere und setzen ihnen etwas ins Gehirn. Und dann sollen sie auf Knopfdruck funktionieren."

„Warum? Vorher ging es doch auch, und sie hatten wenigstens ihren Spaß."

„Naja, sie sollen Dinge machen, die sie freiwillig nie tun würden."

João leerte seinen Grappa in einem Zug und bestellte sich gegen seine Gewohnheit noch einen. Sein fragender Blick auf Isabella wurde mit einem Kopfschütteln beantwortet.

„Ich nehme noch einen Tonic."

„Gin Tonic?"

„Nein, kein Alkohol mehr für mich. Einfach Tonic Water."

„Wale und Delfine, sollen wie Spielzeuge auf Kommando springen, und alles tun, was die Menschen wollen?" nahm er den Faden wieder auf.

„Ja, Liebling", seufzte sie. „Ich finde es genauso schrecklich wie du. Trotzdem habe ich Hoffnung. Avo sagt immer, dass auch aussichtslose Situationen sich zum Guten wenden können. Man muss nur was tun."

„Ich beneide dich um deinen Optimismus. Die Navy, überleg doch mal. Die amerikanische Regierung steht hinter diesem Plan, CIA, NSA, ich kenne mich da nicht so aus wie du. Wenn du die aufschreckst." Er beendete seinen Satz nicht, rollte nur vielsagend mit den Augen.

Naiver, süßer João. Sie hatte sie doch längst aufgeschreckt. Ihre Recherchen im Irakkrieg, die Artikel über die Überbleibsel in den Waffen, die die Menschen nach und vergifteten, die Krebsraten ansteigen ließen. Auch bei den GIs. Sie hatte berichtet über den alltäglichen Wahnsinn nach dem Krieg, die unsicheren Straßen, die Schikanen durch die amerikanischen Besatzer. Sie hatte sich mit Irakern getroffen, war in konspirativen Wohnungen zum Essen eingeladen worden, hatte Krankenhäuser besucht, in denen verwundete Kinder auf ihre Amputation warteten.

Es war gefährlich, das wusste sie selbst. Aber irgendwer musste diese Arbeit machen, wer, wenn nicht sie? Wie wäre es damals weitergegangen mit Portugal, wenn es nicht Leute wie ihre Avo gegeben hätte?

„Was sollen die Delfine machen?", fragte João. Der Kellner stellte den bestellten Grappa und das Tonic Water auf den Tisch und verzog sich leise.

„Sie sollen Menschen angreifen. Töten. Sie sollen auch da reinschwimmen, wo sie nicht mehr wegkommen."

„Und dein Navy-Admiral wollte da nicht mitmachen?"

„Jedenfalls hat er um eine Frühpensionierung gebeten,

hat irgendein Rückenleiden vorgeschoben und redet jetzt mit der Presse."

„Was werdet ihr machen, du, Silvio und Andreia?"

„An die Westküste fliegen, schätze ich. Du musst nicht mitkommen, wenn du keine Zeit mehr hast."

„Eigentlich wollte ich, nachdem ich Dave wohl für alle Zeiten vergrault habe, nach London. Ich habe mit Carol telefoniert. Sie kommt hin und stellt mich ein paar Leuten vor."

Isabella strahlte. „Das ist super. Es wird schon, du wirst sehen."

João sah auf seine Hände. „Ich mache mir Sorgen um dich", stieß er hervor. „Was du da tust, ist gefährlich. Ich habe Angst."

Einmal musste er es erfahren, einmal mussten sie die Blase verlassen, die sie umgab. Ewige Ferien auf Madeira.

„Ich habe schon viel riskantere Aufträge gehabt. Im Nahen Osten oder in Südamerika."

„Auch im Irak?"

„Warum fragst du?"

„Weil ich es wissen will, verdammt", er wurde laut und ein paar Gäste drehten sich neugierig zu ihnen um. „Du willst mich schonen, schon klar. Ich bin zäher, als du denkst."

Der Moment war da, anders als sie ihn sich vorgestellt hatte. In ihren einsamen Nächten in dem großen Bett ihrer Lissaboner Wohnung hatte sie davon geträumt, endlich nicht mehr Versteck spielen zu müssen.

Sie holte ihren Laptop aus der riesigen Tasche, die sie überall mit hinnahm.

„Gut. Ich habe keine Geheimnisse vor dir." Sie rief ihren Terminkalender auf und schob João den Laptop über den Tisch.

114

„Karachi", las er, „Bogota" und - da stand es wirklich - „Bagdad". Konnte er das ertragen? Seine Isabella im Krieg, irgendwo, wo ständig etwas explodierte?

„Es hat sich nichts geändert", sagte sie trotzig. „So lebe ich schon, seit wir uns kennen. Was meinst du, wie anstrengend es war, dir das alles zu verheimlichen."

„Meine arme Kleine", flüsterte er, denn ihr liefen jetzt Tränen über die Wange. „Ich bin ein Esel."

Sie schnäuzte sich in die Papierserviette des Restaurants, das klang nicht sehr damenhaft. Seine Isabella war eine Amazone, wie hatte er je denken können, dass sie sich mit harmlosen Hintergrundberichten zufriedengeben würde? Jetzt würde sich erweisen, ob er ein Kerl war.

„Du bist lieb", Isabella wischte sich über die Augen. Ihr Makeup machte das mit, natürlich, es hatte sehr viel härtere Belastungen zu bestehen. Gab es das, kriegsfestes Makeup?

„Ich habe dich wirklich im Stich gelassen", sagte er leise und streichelte ihre Wange.

„Wir sind schon so lang zusammen, hast du nie gedacht, dass ich dich anlüge?"

„Doch, ich wollte mir nur die Einzelheiten ersparen. Ich habe mir gesagt, jeder von uns macht seinen Job und der andere mischt sich nicht ein."

„Mir kam es auch wie die beste Lösung vor. Komisch, diese Delfingeschichte. Auf einmal mache ich dir große Geständnisse und heule dir was vor. Gibt es wenigstens etwas, das ich nicht weiß von dir, nur so zum Ausgleich?"

„Es gibt wirklich was."

Eine Sekunde lang hatte sie Angst.

„Ich habe dir nie von Martinho erzählt."

Martinho also. Keine Frau.

„Er war mein bester Freund. Ich habe ihn im Stich

gelassen."

„Ich verstehe kein Wort."

Wieder musste sie weinen, während sie João zuhörte. Der schreckliche Unfall. Der querschnittsgelähmte Freund. Joãos Hilflosigkeit und seine Selbstvorwürfe.

Auch João hatte einen Kloß im Hals. Gleichzeitig fiel eine große Last von ihm ab, als er Isabella gestand, wie schlecht er sich gegenüber seinem besten Freund benommen hatte.

„Du hattest einfach Angst", sagte sie mitfühlend.

„George ist derselben Meinung. Aber verdammt noch mal, ich hätte mich um ihn kümmern müssen."

„Quäl dich nicht. Sieh mal, dein Freund ist doch auch ohne dich wieder auf die Füße gekommen."

Sie schluckte. Etwas Blöderes hätte sie über einen Querschnittsgelähmten nicht sagen können.

João lächelte schwach. „Gutes Wortspiel. Du meinst Brasilien."

„Genau. Er hat Karriere gemacht, ist verheiratet. Es geht ihm gut, nehme ich an. Du solltest ihn anrufen."

Bevor ihr Flugzeug gestartet war, hatte er es ihr versprechen müssen. Sie hatte ihm eine Telefonnummer diktiert, unter der Martinho privat zu erreichen war – es konnte auch Vorteile haben, wenn die eigene Freundin eine Journalistin war. Zwischen ihnen war es wieder wie am Anfang, nein, das stimmte nicht, es war, wie es nie gewesen war, denn immer hatte sie sich vorsehen müssen, und immer hatte er die Augen verschlossen vor dem, was sie tat. Jetzt waren sie frei. Es gab keine Tretminen mehr, die ihnen um die Ohren fliegen konnten. Eine kehlige Stimme antwortete mit „Ja?", als João die Nummer auf dem Zettel anrief.

„Martinho. Ich bin es, João aus Funchal."

Einen Moment lang war es still. Dann brach ein Donnerwetter los.

„João!", schrie Martinho. „Du bist es! Ich kann es nicht glauben! Wo treibst du dich herum?!"

„Jetzt grade in New York."

„Nein! Lass die Witze!"

„Wirklich. Ich bin in New York."

„Aber ich sehe doch deine Nummer! Du bist in Portugal."

„Das ist das Handy. Ich würde dich gern in São Paulo besuchen kommen."

Martinho lachte schallend. „Das ist nicht nötig. Ich bin hier. Am Broadway."

Jetzt war es João, der schrie. „Das ist ja unmöglich! Hast du Zeit, mich zu sehen?"

„Dich immer."

Im Rückspiegel sah Cynthia das Auto, schwarz, wuchtig, mit aufgeblendeten Scheinwerfern. Sie war auf dem Rückweg vom Institut gewesen, als sie es bemerkt hatte. Jetzt fuhr sie ziellos in der Gegend herum. Im Stadtverkehr würde sie ihren Verfolger hoffentlich abhängen können.

Eine Ampel. Das schwarze Auto rollte neben sie. Durch die verdunkelten Scheiben konnte sie nicht erkennen, wer am Steuer saß. Aber als es grün wurde, war der Spuk plötzlich vorbei. Der schwarze Wagen verschwand um eine Ecke. Mit weichen Knien fuhr Cynthia zu Melissa.

„Stell dir vor, mich haben welche verfolgt."

Melissa warf einen Blick auf die blasse Freundin und zog sie am Ärmel in die Wohnung. Sie führte Cynthia zum Sofa.

„Wer hat dich verfolgt?"

„Als ich aus dem Institut kam, war ein schwarzes Auto plötzlich hinter mir und ist mir nachgefahren. Mindestens eine Stunde."

„Und hast du jetzt genug? Was für ein Wahnsinn einfach so im Institut aufzutauchen! Du eignest dich nicht zur Heldin."

Die Worte Melissas klangen noch in Cynthia nach, als sie am nächsten Morgen den Brief in ihrem Kasten fand.

Möchten Sie die Nächste sein?

Ein Computerausdruck auf einem weißen Blatt Papier. Sie drehte den Umschlag um. Kein Absender, abgestempelt gestern, in San Francisco.

Sie hatte zum Institut fahren müssen. Ihre innere Stimme hatte ihr keine Ruhe gelassen. also hatte sie mit Peters altem Kollegen Bob geplaudert. Sie hatte gesagt, dass sie in der Nähe gewesen war, dass sie nur mal hatte vorbeischauen wollen. Früher hatte sie das öfter getan. Hatte Peter von der Arbeit abgeholt, und während sie wartete, hatte sie mit seinen Kollegen geschäkert. Auch mit Bob.

Beim Verlassen des Gebäudes hatte sie sich eine dumme Kuh gescholten, die zu viele Krimis las.

Dann war ihr das Auto gefolgt.

Wenn es etwas gab, das Peter gegen seinen Willen aus dem Leben katapultiert hatte, würde sie es herausfinden.

Mr. Smith rieb sich an ihrem Bein.

„Wir zwei", sie streichelte seinen Rücken, „werden uns wohl eine Weile trennen müssen."

Er schnurrte. Seine leuchtenden Augen fixierten sie.

„Was ist? Willst du etwa mitkommen? Das geht nicht, weißt du. Ein Flugzeug ist kein Auto."

Mr Smith verlor das Interesse und sprang mit einem Satz auf die Fensterbank. Er würde sich bei Melissa genauso wohlfühlen wie bei ihr. Ob ihre Verfolger den Computer ausspionierten? Besser war es, sie buchte irgendwo direkt, ohne Telefon und Email.

„Du wirst es nicht glauben", sagte sie zum Rücken ihres Katers, „jemand ist hinter mir her."

Mit einem leisen Miau sprang Mr Smith von der Fensterbank zurück auf den Stuhl und putzte sich. Geistesabwesend streichelte Cynthia den Kater, der sofort wieder anfing zu schnurren.

„Wenn ich hierbleibe, werde ich verrückt. Ich muss nach Madeira, muss sehen, wo Peter gestorben ist." Mr Smith schnurrte ungerührt unter Cynthias fahrigen Händen.

„Weißt du", flüsterte Cynthia in sein Fell, „dass du der schönste Kater der Welt bist? Ich werde dich vermissen."

Zum zigsten Mal hörte sich João nun die Geschichte an. Raphaela ging nicht an ihr Handy, in ihrer Wohnung war sie nicht, wo sie arbeitete, wusste George nicht. Sie war wie vom Erdboden verschluckt.

„Frauen sind manchmal so", versuchte João seinen Freund zu trösten, und band sich, das Telefon ans Ohr geklemmt, die Schuhe zu. „Hattet ihr Streit?"

„Nein, gar nicht."

Sie verabredeten sich für die nächsten Tage. Zu Fuß machte sich João auf den Weg zu seinem Elternhaus. Seine Mutter war im Garten und winkte ihm zu, als er die Pforte öffnete.

„Wie schön, dass du vorbeikommst. Ich bin gleich fertig. Schau, die Rosen, wie üppig sie dieses Jahr blühen."

Anne liebte Blumen, sie hatte den Garten in einen blühenden Dschungel verwandelt. Kamelien, Orchideen, Lilien, Liebesblumen, und tausend andere Sorten, wuchsen unter ihrer Obhut. Die meisten seiner Pflanzenbilder hatte João anhand der Exemplare in Annes Garten skizziert.

„Ich möchte dich etwas fragen", sagte er zu ihr. „Woher kennst du eigentlich Raphaela?"

„Von Susanna", antwortete sie sofort. „Sie hat Raphaela mitgebracht."

„Und woher kennst du Susanna?"

„Da muss ich überlegen", seine Mutter wischte sich den Schweiß von der Stirn und stützte sich auf ihre Hacke. „Jetzt fällt es mir ein", sagte sie fröhlich, „Ronaldo hat Susanna im Theatercafé kennengelernt. Sie hat ihm erzählt, dass sie Klavier spielt, und da hat er sie zu unserem Salon eingeladen. Und sie hat Raphaela mitgebracht. Warum fragst du?"

„Nur so. Naja. George hat sich in Raphaela verliebt, und er kann sie seit ein paar Tagen nicht mehr erreichen."

„Geschieht ihm recht. Du weißt ja, wie gern ich George mag, aber es war wohl mal an der Zeit, dass der Spieß herumgedreht wurde. Jetzt weiß er wenigstens, wie es ist."

„Darum geht es doch gar nicht, Mum. Würde mich nicht wundern, wenn Susanna auch verschwunden wäre. Haben die beiden hier gearbeitet?"

„Das weiß ich gar nicht. Darüber haben wir nicht gesprochen."

Martinhos Vater, natürlich war er da. Wie jeden Abend saß er mit den anderen Fischern in ihrer Stammkneipe und spielte Karten. Es kostete João einiges an Überwindung, zu ihnen zu gehen.

„Welch seltener Gast", knurrte Martinhos Vater und widmete sich weiter seinem Blatt.

„Guten Tag. Könnte ich dich sprechen", sagte João mit gedämpfter Stimme. „Ich war bei Martinho."

Die Züge des alten Mannes hellten sich etwas auf. „Dann will ich nicht so sein. Obwohl ich dir gern alle Knochen gebrochen hätte, das kannst du mir glauben." Er wandte sich an die Kartenrunde. „Ich bin gleich wieder da."

Er winkte João, ihm in einen Nebenraum zu folgen. Wortlos deutete er auf einen der dunkelbraunen Stühle und setzte sich João gegenüber.

„Bei meinem Sohn warst du also. Nach wie vielen Jahren?"

„Fünfundzwanzig."

„Hast mitgezählt, oder?"

João nickte.

„Und warum kommst du jetzt zu mir?"

„Du stehst auf meiner Liste."

„Das verstehe ich nicht. Lass dir nicht jedes Wort aus der Nase ziehen."

„Manuel, der Cousin meiner Freundin hat mich um etwas gebeten. Aber ich habe mich nicht getraut, zu dir zu gehen."

„Fast jedes Wochenende bist du hier aufgekreuzt mit deiner Freundin, fein essen gegangen seid ihr, aber kein Wort zum alten Vater deines Freundes. Wie oft bist du an mir vorbei gegangen, wenn wir vor der Kneipe gesessen haben. Wir waren dir wohl alle nicht mehr fein genug."

„Du weißt genau, dass das nicht stimmt."

„Warum hast du dich damals nicht um Martinho gekümmert? Gott weiß, wie er gelitten hat, als du ihn fallenlassen hast!"

„Er hat mir verziehen. Ich hoffe, du kannst das auch irgendwann."

„Ja, irgendwann vielleicht", brummte der Alte und zündete sich eine filterlose Zigarette an. „Was ist das mit der Liste?"

„Du kanntest Peter Keller, oder?"

„Frag mich nicht Sachen, die du schon weißt. Peter war ein Freund. Ja, da schaust du. Ich bin nur ein alter

Fischer, und er war hochgebildet, aber wir waren Freunde. Peter war ein feiner Kerl."

„Woher kanntest du ihn?"

Martinhos Vater verschränkte die Arme vor der Brust. „Vom Fischen natürlich. Dachtest du etwa, er wäre hier in die Kneipe gekommen?"

„Wie vom Fischen?"

„Ich war draußen mit dem Boot, und er tauchte dort, und dann hatte er Probleme mit dem Außenborder, und ich half ihm, und so haben wir uns kennengelernt."

„Glaubst du, dass er Selbstmord begangen hat?"

„Drück dich gefälligst nicht so geschwollen aus. Nie im Leben glaube ich das. In der Zeitung haben sie es geschrieben. Aber es stimmt nicht. Gut, dass du zu Martinho gegangen bist. Gut, dass du dich entschuldigt hast. Das hast du doch, oder?"

João nickte.

„Gut."

„Zu Peter Keller fällt dir wirklich nichts weiter ein?"

„Machen wir es doch so", der Alte grinste schief, „wenn wir uns das nächste Mal sehen, mit deiner schönen Freundin vom Festland, reden wir weiter."

Wie bald das sein würde, hätte sich Martinhos Vater nicht träumen lassen. Isabella, die für das Wochenende gekommen war, drängte João, mit ihr hinauszufahren. Martinhos Vater wusste etwas, und sie war elektrisiert. Ihr journalistischer Jagdinstinkt war erwacht.

„Nimm ihn nur nicht zu sehr in die Zange", warnte João, „dann sagt er nämlich gar nichts mehr."

„Hältst du mich für blöd? Am besten, du lässt mich machen, ich weiß schon, wie man mit solchen Leuten umgeht. Du vergisst immer, dass meine Avo auch zu den Armen gehört hat."

Martinhos Vater staunte nicht schlecht, als João mit

Isabella schon am nächsten Abend die Kneipe betrat. Sofort stand er auf.

„Möchten Sie vielleicht nach draußen gehen?", fragte er Isabella galant, nachdem sie ihm in aller Form vorgestellt worden war. „Hier ist die Luft so stickig."

So saßen sie an einem der Tische, die an der Hauswand standen.

„Was möchten Sie trinken?", fragte der alte Fischer liebenswürdig. „Vielleicht eine Bica?"

„Ein Glas Poncha, bitte."

„Sie sind mir richtig. Da trink ich eine mit. Und du, João?"

„Ausnahmsweise."

Martinhos Vater lachte. „Deine Freundin hat einen guten Einfluss auf dich."

Die Ponchas kamen, und sie prosteten einander zu.

„Wissen Sie", Isabella beugte sich nah an das Ohr des Fischers, „es ist seltsam. Ich schreibe gerade etwas über Delfine und musste dafür an die Westküste der Vereinigten Staaten, und da finde ich heraus, dass das Institut, über das ich schreibe, der Arbeitsplatz ihres Freundes Peter Keller war. Das ist nicht irgendein Institut. Die arbeiten mit der Navy zusammen, also mit der Marine."

„Die Marine der Amerikaner", Martinhos Vater schnalzte mit der Zunge. „die haben jede Menge Dreck am Stecken."

„Was mich beschäftigt", hakte Isabella ein. „ist, dass da draußen ein Mörder frei herumläuft."

„Nana", machte der alte Fischer, „ich dachte immer, Sie schreiben. Wusste nicht, dass Sie in Ihrer Freizeit Verbrecher jagen."

„Tue ich auch nicht. Aber das mit Peter lässt mir keine Ruhe."

„Sie brauchen sich nicht aufzuregen, junge Dame. Ich habe schon mitbekommen, was hier gespielt wird. Bin auch nicht von gestern. Nur suchen die Mörder vergeblich. Was sie wollen, ist nämlich längst nicht mehr hier." Isabella machte große Augen und schwieg.„Ja", sagte der alte Fischer zufrieden, „Peter hat mir was gegeben, das habe ich weggeschickt. Ich habe einen Freund bei der Post. Den habe ich das Paket heimlich abholen lassen."

„Welches Paket?", fragte Isabella gespannt.

„Den Aktenordner, dieses dicke Ding."

„Peter hat Ihnen Akten gegeben?"

Martinhos Vater nickte stolz.

So war er schon immer gewesen, erinnerte sich João. Unbeugsam und stolz. Vielleicht wurde man so, wenn man jeden Tag auf dem Meer war.

„Und wo sind die Akten jetzt?" Isabella flüsterte fast.

„In São Paulo."

„Martinho?", fragte João.

„Ja. Zu dem habe ich das Paket geschickt. Nach Brasilien. Es ist schon vor Wochen dort angekommen."

Erste Spuren

Was für eine Insel, dachte Cynthia, wie aus dem Bilderbuch. Kein Wunder, dass Peter hier leben wollte. Mit dem kleinen Mietwagen kurvte sie auf Straßen hoch über dem Meer. Die Autobahn hatte sie links liegen lassen und genoss die Fahrt durch das grüne Paradies, das sich die Küste entlang bis nach Funchal zog. Die Straßen fielen steiler in die Tiefe, als sie es außerhalb von San Francisco für möglich gehalten hätte, und Gärten und Terrassenfelder quollen über von Gemüse und Obstbäumen, Bananenstauden und Blumen. Wild wucherten Kapuzinerkresse, blaue Wicken, weiße Callas und noch viel anderes Blühendes, das ihr vage bekannt vorkam. Sie hatte gelesen, dass Madeira Blumen in die ganze Welt exportierte.

Die Einheimischen überholten sie unbekümmert auch vor den uneinsehbaren Haarnadelkurven, aber sie war keine ängstliche Autofahrerin, und der Seat erklomm mühelos die steilen Berge. Sie kam durch ein winziges Dorf, Kinder spielten am Straßenrand, ein Hund döste in der Sonne. Einige Kilometer weiter bedeckten plötzlich Bungalows und Apartementblocks die Hänge, und sie schauderte bei deren Anblick. Als sie Funchal nach einer Kurve vor sich liegen sah, leuchtete es wie ein Mosaik aus unzähligen weißen Steinen. Immer neue Ausblicke boten sich ihr, während sie sich Kurve für Kurve in die Tiefe schraubte. Cynthia kam an Häusern vorbei, deren Gärten direkt über dem Atlantik zu schweben schienen. Die Straße wurde breiter und dann war sie im Zentrum von Funchal. Sie fand ihr Hotel und checkte ein.

Sie war nach Madeira gekommen, um herauszufinden, was mit Peter geschehen war. Sie hatte keine Ahnung, wo sie anfangen sollte, nach Spuren zu suchen. Sie wusste nicht, wo er gewohnt hatte, die wenigen Male, die sie etwas von ihm gehört hatte, seit er auf die Insel gezogen war, hatte er ihr gemailt. Dabei hatte er keine Einzelheiten erwähnt, nicht, wen er kannte oder wo er sich aufhielt, nur, dass das Wetter wunderbar war und er dabei war, ein Buch zu schreiben. Worüber, wollte er ihr noch nicht verraten. Es sollte eine Überraschung werden.

Ach Peter.

Cynthia schlenderte ziellos durch die schöne Altstadt. Große Engel hingen über einer belebten Einkaufsstraße. Waren sie Weihnachtsdekoration oder der normale Schmuck der Stadt? Cynthia spürte den Jetlag und steuerte auf ein Café zu, das in einer zur Straße hin offenen Eingangshalle eines prächtigen Hauses eingerichtet worden war. Weiter hinten sah sie einen Patio, in dem ebenfalls Leute saßen.

Sie bestellte sich einen Espresso, Bica hieß der hier, und eine Art Muffin und blätterte in ihrem Reiseführer. Der Botanische Garten, las sie, lag hoch über der Stadt und ein Bus fuhr von der Uferpromenade aus dort hin. Der Garten war berühmt für seine Vielfalt an Pflanzen. Pflanzen aus Asien, Südafrika und Südamerika, deren Samen Seefahrer mitgebracht hatten und die in dem milden Meeresklima von Madeira prächtig gediehen.

Pflanzen.

Peter war Biologe gewesen, Meeresbiologe zwar, aber er hatte sich für alle Lebewesen begeistern können. Was für eine bittere Ironie, dass er ausgerechnet unter einem Botanischen Garten sein Ende gefunden hatte. Gleich morgen würde sie sich dort umsehen. Am besten sie ging zu Fuß. So konnte sie sehen, was damit gemeint gewesen war: „Der Tote lag unterhalb des Botanischen Gartens." Wie tief ging es dort hinunter? Das hatte nirgendwo gestanden.

Sie hatte ihre Uhr und ihr Handy im Hotelzimmer gelassen.

„Entschuldigen Sie", fragte sie in ihrem lang nicht benutzten Portugiesisch einen nett aussehenden älteren Herrn mit Schnurrbart. „Wie spät ist es?"

„Fünf Minuten vor fünf, meine Dame", antwortete der Herr. „Sie sprechen wirklich ausgezeichnet Portugiesisch. Woher kommen Sie, wenn ich fragen darf?"

„Aus San Francisco. Aber mein Portugiesisch ist ziemlich schlecht."

„Nein, ganz und gar nicht schlecht. Waren sie länger in Brasilien? Ich höre, dass sie es dort gelernt haben. Habe ich recht?" Er lächelte verschmitzt.

„Stimmt. Auf einer Reise. Aber das ist schon viele Jahre her."

„Ich war auch einmal in Brasilien. Vor vierzig Jahren. Damals habe ich dort gearbeitet."

„Oh, wie interessant", sagte sie höflich.

„Ja", er lächelte, „sagen Sie, sind Sie nächste Woche auch noch in Funchal? Dann würde ich Sie nämlich gern einladen. Meine Frau veranstaltet einen Jour Fixe in unserem Haus in der Nähe von Monte. Wissen Sie, wo das ist?"

„Ja", sagte sie überrumpelt, „ganz weit oben. Bei der Seilbahn."

Vielleicht war es eine glückliche Fügung. Peter hatte manchmal davon gesprochen, dass glückliche Fügungen die Welt in Gang hielten. „Wir brauchen sie", hatte er gesagt. „Manche nennen es Zufall, aber ohne sie kommen wir nicht aus. In den Naturwissenschaften ist durchaus Platz für Glauben."

„Kommen Sie also?" Der nette, alte Herr war aufgestanden und sah sie freundlich an. „Ich gebe Ihnen auf jeden Fall meine Karte. Wenn Sie es irgendwie einrichten

127

können. Meine Frau ist übrigens Engländerin, das vergaß ich, glaube ich, zu erwähnen."

Sie sah ihm nach wie er, den löwenartigen Kopf stolz erhoben, mit langen Schritten davoneilte. Eine dieser glücklichen Fügungen? Sie würde jedenfalls da sein, am Jour Fixe in der Nähe von Monte.

Zu sagen, sie sei frustriert, wäre ein Untertreibung gewesen. Sie hatte sich alle Mühe gegeben, hatte den Botanischen Garten und die umliegenden Straßen abgeklappert. Sie war sogar auf einer abgebrochenen Levada balanciert, unter sich eine mächtig rauschenden Straße. Es gab hier so viele Möglichkeiten, jemanden in die Tiefe zu stürzen. Nicht einmal, wo Peter gelegen hatte, fand sie heraus. Das Foto, das sie sich noch in San Francisco aus dem Internet geholt hatte, war nutzlos. Es zeigte den toten Peter in einem grünen Gestrüpp. Sie hatte gehofft, dass sie an Ort und Stelle etwas wiedererkennen würde, aber alles sah gleich aus.

So war ihr nichts anderes übrig geblieben, als auf eine glückliche Fügung zu hoffen. Auf der Insel herumkurvend hatte sie versucht, sie mit Peters Augen zu sehen. Niemand hatte mit ihr reden wollen in den kleinen Dörfern. Man hatte sie bedient, wenn sie etwas bestellte, darüber hinaus hatte man sie ganz einfach ignoriert.

An diesem Nachmittag hatte es heftig geregnet und sie hatte nicht gewagt, mit dem Mietwagen zu fahren. So nahm sie ein Taxi und gab dem Fahrer die Visitenkarte des netten Herrn aus dem Café. Sie hoffte, dass seine Einladung ernst gemeint gewesen war.

Die Begrüßung ließ sie aufatmen. Der nette Herr öffnete selbst die Tür und strahlte, als er sie sah.

„Nennen Sie mich Ronaldo. Ich weiß gar nicht, wie Sie heißen."

„Cynthia", sagte sie.

Sie wollte sich bei ihm für die Einladung bedanken, aber jetzt kam eine kleine, energische Dame auf sie zu.

„Cynthia, das ist meine Frau Anne."

„Meine Liebe", Annes warmer Blick bewirkte, dass Cynthia sich mit einem Mal gut fühlte. „Wie schön, dass Sie gekommen sind! Darf ich Ihnen die übrigen Gäste vorstellen?"

Sie lächelte ihrem Mann zu, der den nächsten Gast in Empfang nahm, und betrat mit Cynthia das äußerst geräumige Wohnzimmer. Überall saßen oder standen Leute, eine bunt gemischte Gesellschaft, die sich glänzend unterhielt. Von der Kleidung her gab es alles, von elegant bis Jeans und T-Shirt. Einer der Jeansträger fiel Cynthia auf, und Anne führte sie zu ihm und sagte: „Das ist mein Sohn João."

Er hatte den gleichen warmen Blick wie seine Mutter.

„Setzen Sie sich zu mir", forderte er sie auf. „Was möchten Sie trinken? Ein Glas Wein?"

Sie nickte, eingeschüchtert durch die fremde Welt, in die sie da so unvermutet gestolpert war. Wenigstens hatte sie ein Kleid angezogen, ein hübsches grünes Wollkleid. Underdressed war sie nicht. Er schon eher, aber das machte er durch seinen Charme wett.

„Was führt Sie denn auf unsere schöne Insel?", fragte er. „Sie kommen mir nicht vor wie eine Touristin."

Wie ist denn eine Touristin, wollte sie fragen, und hörte sich stattdessen zu ihrem eigenen Erstaunen sagen: „Ich suche nach Beweisen dafür, dass mein Exfreund ermordet wurde."

Oh je. Das klang so, als wäre bei ihr eine Schraube locker. Aber der Mann fixierte sie ruhig mit seinen blaugrauen Augen, und sie musste einen Moment lang an Mr. Smith denken. Ging es ihm gut bei Melissa?

„Ihr Exfreund. Ist das Peter Keller?"

„Ja."

„Mein Beileid."

„Danke", ihr Herz klopfte wie wild. „Woher kennen Sie seinen Namen? Macht es Ihnen übrigens etwas aus, wenn wir Englisch sprechen? Mein Portugiesisch reicht nicht aus für so ein Gespräch."

„Natürlich. Obwohl ihr Portugiesisch sehr gut ist", sagte er galant. „Den Namen ihres Freundes kenne ich aus der Zeitung. Er war Amerikaner. Wie Sie."

„Wissen Sie etwas über ihn?", fragte sie und spürte, dass ihre Lippen zitterten.

„Nur was in der Zeitung stand", sagte er zögernd, „allerdings..", er sprach nicht weiter.

„Allerdings?" fragte sie hoffnungsvoll.

„Meine Freundin ist Journalistin. Sie stieß auf seinen Namen, als sie eine Geschichte recherchierte. Über Delfine."

In diesem Augenblick klatschte Anne in die Hände.

„Wir haben wieder einmal Musiker bei uns zu Gast", verkündete sie und wies auf zwei Frauen und einen Mann, die neben ihr standen.

„Was hat Ihre Freundin recherchiert über Peter und Delfine?", flüsterte Cynthia João zu. Sie konnte nicht warten bis die Musik zu Ende war.

João winkte ihr, ihm zu folgen. An der gegenüberliegenden Seite des Raumes war die Terrassentür einen Spaltbreit geöffnet und sie schlüpfte hinter ihm in den Garten. Sofort bereute sie, dass sie ihre Jacke drinnen gelassen hatte. Es war kühl und windig.

„Wir gehen gleich wieder rein", sagte João, der sah, dass Cynthia fror. „Isabella, meine Freundin, hat etwas herausgefunden über Ihren Freund Peter. Es ging um die Navy. Wenn Sie wollen, bringe ich Isabella mit Ihnen

130

zusammen. In drei Tagen kommt sie zu Besuch."

Es war ein wundervoller Abend. Schon lange hatte sich Cynthia nicht mehr so gut amüsiert, auch in Kalifornien nicht. Spät am Abend, als schon einige der Gäste gegangen waren, kam die Rede auf Spiritismus und Cynthia glaubte ihren Ohren nicht zu trauen. Anne war ein Medium.

Als Cynthia in Brasilien gewesen war, hatte es von spiritistischen Gruppen nur so gewimmelt. Die Menschen nahmen es als eine Selbstverständlichkeit hin, dass Seelen sich des Körpers eines anderen bemächtigen konnten und dann durch ihn handelten und sprachen. Auch Cynthia war überzeugt, dass es sich um keinen Trick handelte, sie hatte mit eigenen Augen gesehen wie Heiler in Trance Kranke behandelten.

Ronaldo machte ein ernstes Gesicht. „Anne und ihre Freundinnen sind gut. Sie können wirklich mit den Toten reden."

„Ich glaube fest daran", sagte Cynthia zu Anne. „Wie sind Sie zu dieser Gabe gekommen?"

„Oh", lächelte Anne. „Meine Großmutter war ein Medium. Die Leute aus der Nachbarschaft kamen zu ihr, wenn jemand mit einem Verstorbenen sprechen wollte. Manchmal ging es um ganz profane Dinge. Einmal, erinnere ich mich, wollte eine Frau von ihrem toten Mann wissen, wo der die Besitzurkunde für ihr Haus aufbewahrt hatte. Ein anderes Mal bat ein Mann, dass seine verstorbene Frau den Segen für eine neue Ehe erteilte, die er eingehen wollte. Meine Großmutter sagte eines Tages zu mir, dass ich ihre Gabe geerbt hätte. Es dauerte aber noch sehr lange, bis ich dies bemerkte. Das geschah, als ich einmal einen Sterbenden besuchte und bei ihm saß und plötzlich sah, wie etwas Weißes, Durchsichtiges seinen Körper verließ."

Ein Mann in dunkelblauem Anzug rieb sich die Hände.

„Anne, erzähl uns davon, wie deine Großmutter dir erschienen ist."

„Ihr kennt die Geschichte doch schon alle."

„Cynthia nicht", sagte João.

„Na gut", seufzte Anne. „Meine Großmutter starb mit über neunzig Jahren ganz friedlich im Schlaf. Nach ein paar Wochen träumte ich von ihr. In diesem Traum erklärte sie mir, dass ich von nun an mit den Verstorbenen sprechen sollte. Im Traum wehrte ich mich. Ich wollte das nicht. Da sagte sie, dass sie sonst über mich kommen würde und mich aus meinem Körper verdrängen."

Alle lachten, auch Anne.

Cynthia spürte eine Gänsehaut auf ihrem Rücken.

„Und was geschah dann?", fragte sie mit belegter Stimme.

„Ich begann, mit meiner Großmutter zu sprechen. Ich versprach ihr, die Gabe, wie sie es immer genannt hatte, weiterzuführen. Und sie hat mich nie besetzt. Auch kein anderer Geist ist jemals in mich geschlüpft."

Bei dem Wort „geschlüpft" spürte Cynthia wieder die Gänsehaut.

Plötzlich sagte João: „Vielleicht sollten Sie meine Mutter bitten, mit Peter zu reden."

Komisch. Sie hatte den Eindruck gehabt, dass er nicht viel von der Gabe seiner Mutter hielt. Der Vorschlag reizte sie.

„Lassen Sie sich nicht von João provozieren", sagte Anne. „Mein Sohn hat manchmal einen etwas seltsamen Sinn für Humor."

Am nächsten Tag rief Cynthia bei Anne an.

„Ich wollte mich für den schönen Abend gestern

bedanken.“

„Es war uns eine Freude, Sie bei uns zu haben. Was machen Sie heute?“ Annes Stimme klang herzlich.

„Ich sehe mir ein bisschen die Stadt an, schätze ich.“

„João hat mir gesagt, dass sie mit Peter Keller befreundet waren. Möchten Sie mit ihm sprechen?“

Unglaublich. Es wurde ihr einfach so angeboten, was sie sich nicht zu fragen getraut hatte. Eine spiritistische Sitzung!

„Ist es denn so einfach?“, fragte sie zaghaft.

„Natürlich“, Anne lachte. „Wir sind es, die es kompliziert machen.“

Sie saßen diesmal in einem kleineren Raum, mit niedrigen Sofas und Tischchen. Der Ausblick durch die großen Fenster reichte weit über das Meer und die Stadt. Anne schenkte Tee ein.

„Wir machen es ohne Hokuspokus. Wenn Sie bereit sind, schreiben sie den Namen ihres Freundes und sein Geburtsdatum auf einen Zettel“, sie schob Cynthia Papier und einen Bleistift hin, „und überlegen sich, was Sie ihn fragen wollen.“

„Müssen wir dazu nicht in einen abgedunkelten Raum gehen?“, fragte Cynthia.

„Wie gesagt, kein Hokuspokus“, sagte Anne bestimmt. „Spiritismus ist eine Sache, die nach Regeln abläuft. Verdunkelte Räume gehören nicht dazu.“

Peter Keller, schrieb Cynthia, 2.5.1959.

Anne nahm den Zettel und legte ihn vor sich auf den Tisch. Die Teetassen schob sie zur Seite. Sie legte ihre Hände mit den Handflächen nach oben auf ihre Knie und begann: „Geist von Peter Keller. Cynthia ist hier und möchte mit dir sprechen“, sagte sie mit völlig normaler Stimme. „Cynthia, deine Freundin Cynthia. Peter, bist du da? Willst du mit ihr sprechen?“ Anne verstummte und drehte die Augen leicht nach oben. Dann sprach sie erneut: „Peter, Cynthia möchte dich etwas fragen. Bist du bereit?" Wieder verharrte sie mit nach oben gedrehten Augen. Diesmal dauerte es eine halbe Ewigkeit bis sie sich Cynthia zuwandte: „Sie können jetzt Ihre Frage stellen. Er ist bereit und freut sich, dass Sie der glücklichen Fügung gefolgt sind."

Peter! Es war wirklich Peter, der da sprach. Anne konnte das nicht wissen, das mit der glücklichen Fügung.

„Peter", krächzte Cynthia mit versagender Stimme, „ich bin so froh, dass du da bist. Wie geht es dir?"

Anne gab Cynthia einen Wink. Wieder das Weiß ihrer Augen.

„Peter geht es gut", sagte sie nüchtern. „Aber er sieht, dass es Ihnen nicht gut geht."

Cynthia schluckte. „Peter. Wie bist du gestorben?"

Diesmal schien Anne wegzudriften. Es dauerte sehr, sehr lange, bis sie endlich zurückkam. „Er sagt, dass er das nicht sagen darf. Er darf nicht sagen, wer es war und warum."

„Peter!", rief Cynthia, „das heißt, jemand hat dich umgebracht. Du bist nicht freiwillig gesprungen."

Annes Antwort kam fast sofort. „Er sagt: Nein. Ich wollte leben. Aber die Zeit war vorbei. Danke für alles. Er ist jetzt weg."

„Können Sie ihn zurückholen?"

„Ich kann es versuchen."

Wieder Warten. Dann sagte Anne: „Er sagt: Du musst suchen."

„Und das ist alles?"

„Ja. Ich bekomme keinen Kontakt mehr zu ihm. Er ist gegangen."

„Was heißt das?"

„Ich weiß es nicht. Ich weiß nur, dass die Seelen

manchmal an einen Ort kommen, wo ich sie treffen kann und dass sie danach wieder verschwinden."

„Glauben Sie, dass er noch mal wiederkommt?"

„Jetzt nicht. Er hat alles gesagt. Er wollte leben, aber seine Zeit war um. Er darf nicht sagen, wer es getan hat und warum. Sie müssen suchen. Das ist seine Botschaft."

„Wie soll ich das machen, das Suchen?"

„Er wird Ihnen dabei helfen, da bin ich mir sicher. Er hat Ihnen schon geholfen, indem er sie hierhergeführt hat. So helfen uns die Seelen der Toten. Hier eine Eingebung, dort ein Gedanke."

„Sie meinen, wenn ich nach dem Täter suchen soll, dann wird Peter mich lenken?"

„So ähnlich. Machen Sie sich keine Sorgen. Er ist jetzt in einem Raum, in dem er alle Lebenspläne und Aufgaben überblickt. Er weiß, was Sie zu tun haben. Und wenn es ihre Aufgabe ist, dann sind sie auch fähig, sie zu lösen."

Die nächsten Tage verbrachte Cynthia wie betäubt. Sie hatte Kontakt zu Peter gehabt, Anne hatte von einer glücklichen Fügung gesprochen, es war Peter gewesen, der durch Annes Mund gesprochen hatte, daran gab es keinen Zweifel. Doch jetzt ging es nicht weiter. Sie sollte suchen, sollte nach Peters Mördern suchen, und es machte sie wahnsinnig, dass sie keinen Anhaltspunkt hatte.

Um nicht völlig durchzudrehen, fuhr sie zu einem Aussichtspunkt hoch über dem Cabo Girão . Die frische Luft tat ihr gut, und wieder berührte sie die Schönheit Madeiras. Wie ein Chamäleon kam ihr die Insel vor. Das Wetter wechselte innerhalb eines einzigen Tages mehrmals von kalt zu warm und wieder zurück. Ging man morgens bei strahlendem Sonnenschein aus dem Haus und trug die Jacke über dem Arm, verfinsterte sich mittags der Himmel, es goss in Strömen und wurde eiskalt, und gegen Abend kam dann die Sonne wieder hervor, als wäre nie etwas gewesen. Genauso war die Landschaft. Auf jedem Quadratkilometer präsentierte sich die Insel anders. Je nach Höhe wechselte die Vegetation von mediterran bis hochalpin.

An diesem Nachmittag streichelte ein laues Lüftchen Cynthias Arme als sie sich über das Geländer der Aussichtsplattform beugte und den hunderte Meter unter ihr liegenden Strand und die daran angrenzenden Pflanzungen tropischer Früchte bewunderte.

Ihr Handy klingelte.

„Hallo Cynthia", sagte eine Männerstimme. „Ich bin's, João. Erinnern Sie sich an mich?"

„Natürlich! Schön, dass Sie anrufen."

„Meine Freundin Isabella ist hier. Möchten Sie mit uns zu Abend essen? Sie könnten zu mir nach Hause kommen. Ich koche."

„Meinst du, er kommt?", fragte João zweifelnd. „Ich kann mir das nicht vorstellen."

„Natürlich kommt er", Isabella tränkte den Salat mit reichlich Olivenöl. „Ich habe ihm von Cynthia erzählt. Er möchte sie kennenlernen."

Wie schwer es gewesen war, Martinhos Vater dazu zu bewegen, den Abend statt mit seinen Kartenkumpels mit ihnen zu verbringen, brauchte João nicht zu wissen. Sie hatte all ihren Charme aufbieten müssen und ihm versprechen, dass sie ihn nach zwei Stunden wieder nach Camara de Lobos bringen würden. Mit dem Auto.

Nach dem Abend mit dem alten Fischer hatte João seinen Freund noch in der Nacht angerufen. In Brasilien war es erst Nachmittag gewesen. Martinho hatte João gesagt, was in dem Paket war. Dokumente, schwer verständliches wissenschaftliches Zeug. Allem Anschein nach Originale. Aber es hatte auch ein loser Zettel bei den Unterlagen gelegen. „Mein Manuskript ist, wo mein Herz schlägt. Am wundervollsten Platz der Welt."

Wo sein Herz schlug! Das konnte nur dort sein, wo Peter sich auf Madeira einquartiert hatte. Am Cabo Girão.

Gegen sieben Uhr holte João Martinhos Vater in der Kneipe ab und wurde mit großem Hallo empfangen.

„Was habt ihr nur plötzlich alle mit ihm?", wunderte sich der Wirt.

„Wieso?", fragte João.

„Heute war schon mal einer da und hat nach ihm gefragt. Hab den noch nie gesehen. So ein junger Kerl, ziemlich schnöselig."

„Was wollte der wissen?"

„Wann Alfonso kommt. Hat gesagt, er will mit ihm reden. Jahrelang kräht kein Hahn nach ihm, und jetzt kommen sie plötzlich alle auf einmal."

Als er in Joãos Alfa stieg, grinste der alte Fischer vergnügt. Um ihm einen Gefallen zu tun, trat João auf den paar Metern Autobahn das Gaspedal ordentlich durch, obwohl das verboten war. Wie der Wind waren sie beim Haus und fuhren in die Garage.

Isabella hatte überlegt, was sie den Gästen vorsetzen sollten. Sie hatte für Fisch plädiert, aber João hatte auf Fleisch bestanden. Fleischspieße. Einem Fischer Fisch zu servieren, das ging nicht. Und Cynthia musste eben essen, was es gab. Hoffentlich war sie keine Vegetarierin. Bei Amerikanern wusste man das nie.

Es wurde ein lustiges Essen. Martinhos Vater entpuppte sich als großartiger Witzeerzähler, und Cynthia war keine Vegetarierin und gerührt, als sie erfuhr, dass Martinhos Vater ein Freund von Peter gewesen war.

„Er hat mir von Ihnen erzählt", Martinhos Vater pulte sich mit den Fingern Fleischbrocken aus den Zähnen und zwinkerte Cynthia zu, „was, wird nicht verraten."

Die Gastgeber brachten den Kaffee.

„Cynthia versucht, herauszufinden, wie Peter umgekommen ist", sagte Isabella zu Martinhos Vater. „Sie weiß nichts über Peters Leben hier auf der Insel. Wir haben gedacht, Sie könnten ihr ein bisschen helfen. Kaffee?"

„Klar", knurrte der Fischer, „das war ja klar, dass es so ein Essen nicht umsonst gibt. Also gut. Peter kam vor drei Monaten auf die Insel. Er zog ans Cabo Girão in eine Ferienwohnung. Ich lernte ihn schon bald danach kennen. Draußen auf dem Meer war das. Er hatte Probleme mit seinem Motor. Er war am Fischen, und ich war am Fischen. Und ich kenne mich aus mit Motoren. Wir trafen uns dann öfter, ich war auch bei ihm in seiner Wohnung, sehr schick alles, und er bat mich, etwas für ihn zu verwahren. Habe ich gemacht. Ich habe es nach Brasilien geschickt. Zu meinem Sohn. Peter hat mir erzählt, dass er mit Delfinen gearbeitet hat. Dass er ihnen beigebracht hat, Minen zu legen. Große Schweinerei, finde ich. Irgendwas passte ihm dann nicht, und er haute dort ab. Kam hierher. Er kannte Madeira, weil seine erste Frau von hier stammte. Keine Ahnung, wo er sie kennengelernt hatte. Er lebte ein paar Monate hier mit ihr, und sie starb bei einem Bootsunfall. Er verließ damals die Insel. Aber dann ist er wiedergekommen, und ich habe ihn kennengelernt. Er war ein feiner Kerl."

„Hatte er Angst, dass er verfolgt wird?", fragte Cynthia.

Martinhos Vater kratzte sich am Kopf. „Ja, ich glaube schon. Er machte Andeutungen. Er war ja dabei, ein Buch zu schreiben. Jedenfalls sagte er mir das. Er sagte, dass alles geregelt ist, wenn ihm was passiert. Als ich ihn ein paar Tage nicht draußen gesehen habe, bin ich zu seiner Ferienwohnung am Cabo, da war niemand. Am

nächsten Tag habe ich es dann in der Zeitung gelesen."
„Können Sie mir die Wohnung zeigen?", fragte Cynthia.
„Das brauche ich nicht. Da unten sind nur ein paar Häuser. Es war das Westlichste. João findet da ganz leicht hin."
João nickte. „Kein Problem. Isabella und ich bringen dich hin. Morgen, wenn du willst."
Martinhos Vater trank sein Glas aus. „Für mich wird es Zeit.", er ließ sich von João in die Jacke helfen und drückte Cynthia mit seinen kräftigen Pranken lange die Hand, „ich kann Peter verstehen."
Cynthia lächelte. „Unser Treffen hat Peter gelenkt. Eine glückliche Fügung."

Natürlich, die amerikanische Schriftstellerin fuhr auf Annes Geisterblödsinn ab. Es wurde Zeit, dass sie die ganze Sache nüchterner betrachtete. Vielleicht konnte Isabella dafür sorgen.
„Auf den Namen deines Freundes bin ich gestoßen, weil er nicht mitmachen wollte bei einem Projekt der Navy", begann Isabella, kaum dass die Männer weg waren.
Cynthia riss die Augen auf. „Ich war dort. Im Institut. Und auf dem Nachhauseweg haben sie mich mit dem Auto verfolgt. Es war schrecklich."
„Genau das meine ich", sagte Isabella. „Es könnte gefährlich werden für dich, wenn du hier herumschnüffelst."
„Ich schnüffele nicht, ich folge Peters Bitte. Ich muss suchen."
„Dein Freund hat mit dir also aus dem Jenseits gesprochen? Das ist doch lächerlich! Er ist tot. Ich kann ja verstehen, dass es schwer für dich ist, aber du musst der Realität ins Auge sehen."
„Glaubenssache."

„Angenommen er wurde ermordet, weil er etwas wusste und es veröffentlichen wollte. Dann sind Leute hinter dir her, die für dich eine Nummer zu groß sind. Geheimdienste, Auftragsmörder."

„Und was soll ich deiner Meinung nach tun?"

„Aufgeben."

„Niemals."

„Dann musst du eben versuchen, das zu finden, was Peter was Leben gekostet hat." Noch hatte Isabella Cynthia nichts von dem Zettel gesagt, der in den Aktenordnern gesteckt hatte, die Martinhos Vater nach Brasilien geschickt hatte. Sie mussten so schnell wie möglich Peters Buchmanuskript finden, bevor es jemand anderem in die Hände fiel. Es war am besten, wenn Cynthia nichts von der Existenz des Manuskripts erfuhr, je weniger Menschen davon wussten, desto besser. Und noch war nicht raus, ob Cynthia sauber war. Aber notfalls würden sie mit der Frau fertig werden, und bis sich herausgestellt hatte, ob Cynthia okay war, ihr nicht von der Seite weichen. Isabella trank einen Schluck Wein. „Wir wollen uns mal dort umschauen, wo Peter gewohnt hat. Am Cabo Girão."

„Wir?"

„Klar. Wenn du willst, kannst du mitkommen."

Am Nachmittag des folgenden Tages fuhren sie zu viert zum Cabo. George war überraschend aufgetaucht, gerade als sie das Auto mit Schlafsäcken und Isomatten beluden. Er hatte einen raschen Blick auf Cynthia geworfen und verkündet: „Ich fahre mit, wenn ihr nichts dagegen habt." João hatte Erleichterung verspürt, dass er nicht allein mit den beiden Frauen die Nacht verbringen musste. Er war sich nicht sicher, was zwischen Isabella und Cynthia lief, aber seine Empfindlichkeit gegen Spannungen schlug

Alarm. Sie zickten, soviel stand fest.

Zu viert entspannte sich die Lage beinahe sofort. In ein Gespräch über das Tauchen auf Madeira vertieft, saßen George und Cynthia zusammen auf der Rückbank des Alfa, und João legte eine Hand auf Isabellas Oberschenkel. Ferienstimmung.

Sonntag war der optimale Tag für das, was sie vorhatten. Unter den Ausflüglern fielen sie mit ihren Rucksäcken kaum auf. Niemand würde es bemerken, wenn sie am Abend nicht mit den anderen in den Aufzug steigen würden. Sie ergatterten einen freien Tisch in dem Café beim Strand und hielten Kriegsrat.

„George und ich gehen nachher rüber zu den Bananen und suchen ein Plätzchen, wo wir uns verstecken können, bis es dunkel wird", sagte João.

„Wie kommen wir eigentlich in die Wohnung?", fragte Cynthia. „Ist die überhaupt leer?"

Isabella rollte mit den Augen. „Das hat João natürlich überprüft. Um diese Zeit ist da niemand. Rein kommen wir mit einem Dietrich. Von Manuel."

„Ein Dietrich von der Polizei", sagte George. „Dein Cousin ist ganz schön verrückt. Oder verzweifelt."

Zwischen den Bananen war es feucht und stellenweise glitschig. Nach einer Weile hatten João und George einen Platz gefunden und holten die Frauen. Dann begann das Warten auf die Dämmerung. Es wurde kalt.

„Der Himmel muss wirklich schwarz sein", sagte João, „vorher können wir nicht anfangen."

Cynthia kauerte mit unglücklichem Gesicht am Boden. „Die Polizei war schon da. Wir werden nichts finden."

„Ich bezweifele, dass die unter den Kacheln und in den Wänden nachgesehen haben", sagte João.

„Was suchen wir eigentlich?", fragte Cynthia.

„Wissen wir auch nicht so genau. Einfach eine Spur, die

uns weiterhilft herauszukriegen, was mit Peter passiert ist", sagte Isabella schnell. João biss sich auf die Lippen. Sie hatte recht. Er war noch gar nicht darauf gekommen, dass Cynthia vielleicht nicht so lieb und nett war, wie sie aussah. Aber warum wollte Isabella sie dann dabeihaben, wenn sie das Manuskript suchten?

Im Schutz der Dunkelheit krochen sie endlich aus ihrem Versteck. Taschenlampen brauchten sie nicht, der Mond und die Sterne gaben genügend Licht. Keine einzige Wolke trübte die Sicht auf den überwältigenden Nachthimmel. Es war ein Kinderspiel, mithilfe des Dietrichs ins Haus zu gelangen.

„Ihr hängt die Bilder ab und seht nach, ob irgendwo frisch verputzt worden ist", kommandierte João in einem Ton, der Isabella neu an ihm war. „George und ich nehmen uns die Böden vor. "

So viel sie auch suchten, auf dem Boden herumkrochen, die Wände nach Unebenheiten abtasteten, sie fanden nichts. Auch unter den Sofakissen, im Schlafzimmer unter der Matratze, in allen Schränken, in den Schubladen und überall sonst – nichts.

Draußen auf dem Meer fischten die Fischer mit Licht. Eines der Boote hatte seinen Bug gedreht und hielt direkt auf sie zu.

„Da!", rief Isabella. „Das Boot! Schnell, wir müssen weg hier!"

In fieberhafter Hast hängten sie die Bilder wieder auf. João ließ seinen Blick durch die Räume rasen, auf der Suche nach verräterischem Werkzeug. Sie zogen die Tür hinter sich zu und rannten geduckt zu ihrem Platz zwischen den Bananen. Das Boot war inzwischen ganz nah gekommen, und sie konnten hören, dass sich ein Mann und eine Frau miteinander unterhielten. Sie sahen nicht, wie das Boot anlegte, das Motorengeräusch war verstummt.

„Ich glaube es nicht", flüsterte Cynthia. „Die wollen tatsächlich zu Peters Wohnung."

„Sie gehen in unsere Richtung", flüsterte Isabella.

Der Mann und die Frau redeten nicht mehr miteinander. Hatten sie sie gehört? War es besser, sich zu erkennen zu geben? Zwei Paare nachts allein in der Bucht, romantisch und so? Würden die beiden ihnen das abkaufen?

Plötzlich war es still.

Dann hörten sie den Mann. Er sprach Englisch. „Wohl nur eine Täuschung. Hier oben ist nichts."

„Ja, lass uns zum Haus gehen." Die Stimme der Frau. João und George erkannten sie gleichzeitig.

Endlich entfernten sich die Schritte. Gelähmt vor Angst hockten sie zwischen den Bananen, und ihr Abenteuer hatte jeden Reiz verloren. Erst nach Stunden wurde der Bootsmotor wieder angeworfen. Als das Bootslicht in Richtung Funchal verschwand, öffneten sie ein zweites Mal die Wohnung und sahen sprachlos auf das Chaos. Die zwei hatten ganze Arbeit geleistet, und sie hatten sich nicht die geringste Mühe gegeben, ihre Spuren zu verwischen. Wände und Böden waren aufgestemmt worden, auch auf der Terrasse fehlten Fliesen.

George war weiß um die Nase.

„Raphaela", flüsterte er tonlos.

Katerstimmung verdarb João den Morgen. Sie waren schweigsam mit dem ersten Aufzug die endlos lange, senkrechte Felswand hinaufgefahren. Es hatte genieselt, und das Meer war kaum vom Land zu unterscheiden gewesen. Auch im Auto hatte niemand Lust verspürt zu reden, sie hatten Cynthia zu ihrem Hotel gebracht und waren zu Joãos Haus gefahren. Obwohl er es von sich selbst unhöflich fand, hatte João nicht die Kraft gehabt,

George auf ein Frühstück hineinzubitten. Er verabschiedete seinen Freund an der Haustür und sah müde zu, wie dessen Fiat die Straße hinunterrollte und verschwand. Isabella war schon ins Haus gegangen.

Erschöpft setzte sich João in die Küche und starrte die Tischplatte an. Was war schiefgelaufen? Wer war der Mann, der mit Raphaela zusammen die Ferienwohung so übel zugerichtet hatte? Und was sollte jetzt werden? Verdammt, sie waren doch keine Detektive, aus dem Alter der Abenteuergeschichten mit nächtlichem Auflauern sollten sie längst raus sein.

Frisch gebadet und nach Zitrone duftend, kam Isabella in Joãos Morgenmantel, der ihr viel zu groß war, in die Küche.

„Was ist los?", fragte sie munter, jedenfalls viel munterer als alles, was sie bisher an diesem Morgen von sich gegeben hatte. „Ich dachte, du hast schon Kaffee gemacht?"

Er zog sie auf seinen Schoß und vergrub seine Nase in dem weichen Frottee. „Ich bin völlig fertig. Ich will nichts mehr hören von Delfinen oder Peter oder Cynthia."

Isabella krauste die Nase. „Cynthia okay. Aber jetzt, wo wir mit eigenen Augen gesehen haben, dass etwas faul ist, willst du aufgeben? Da mache ich nicht mit!" Sie sprang mit erstaunlicher Energie von seinem Schoß.

Grummelnd schleppte er sich die Treppe hinauf. Wenn Isabella sich etwas in den Kopf gesetzt hatte, standen die Chancen gleich null, sie wieder davon abzubringen.

Cynthia und George

Ein paar Kilometer weiter ging es Cynthia nicht viel besser. Sie jagte etwas nach, das nur in Annes Fantasie existierte. Ein Geist, die nebulösen Worte eines Geistes, waren nichts, an dem man sich festhalten konnte. Wenn sie sich nicht bald mit dem Selbstmord ihres Exfreundes abfand - ihr Exfreund, das war er doch schließlich gewesen, sie musste aufpassen, dass sie das nicht vergaß und hier die trauernde Witwe gab. Wenn sie den Selbstmord nicht endlich akzeptierte, würde sie noch durchdrehen.

Plötzlich lächelte sie.

George. Durch ihn hatte die ganze Sache doch irgendwie Spaß gemacht. Stundenlang hatten sie dicht nebeneinander gehockt, und damit war George zu dem Mann geworden, der ihr körperlich am nächsten gekommen war, seit der Zeit, als sie sich von Peter getrennt hatte. Traurig aber wahr. Sie hatte Männer gemieden, unbewusst vielleicht. In den Jahren mit Peter war etwas schiefgegangen, es ließ ihr keine Ruhe, deshalb war sie auch so anfällig für die Geisterbeschwörungen. Was der Geist gesagt hatte, stieß genau in diese Kerbe.

Sie steigerte sich da hinein, hier, fern von Zuhause, fern von Melissa, die ihr längst den Kopf zurechtgerückt hätte. Geister! Sie konnte sich lebhaft vorstellen, was Melissa dazu gesagt hätte.

Okay. Angenommen Anne hatte wirklich Peters Geist durch sich sprechen lassen, angenommen es gab noch etwas zu tun. Wie sollte sie dann weitermachen? Alleine? Es war unübersehbar, dass Isabella sie nicht mochte, vielleicht war sie eifersüchtig, obwohl das lächerlich war, sie hätten doch ein perfekt ausbalanciertes Quartett sein können. Isabella und João. Cynthia und George. Wieder lächelte sie.

Trotzdem. Sie würde zurückfliegen. Sie würde sich wieder ihrer Geschichte widmen, ihrem Buch, das sie sträflich vernachlässigt hatte. Käthchen und deren Luftfahrtabenteuer brachten wenigstens Geld.

In seinem Büro saß George und konnte kaum die Augen offen halten. Verflucht merkwürdige Art, die Nacht zu verbringen. Aber nicht unangenehm. Bis auf die eine Tatsache.

Raphaela. Mit wem war sie zusammen gewesen?

Sie hatte ihn an der Nase herumgeführt. Was hatte sie sich davon versprochen? Besonders lang war ihr Kontakt nicht gewesen. Eigentlich nur eine Nacht. Was sie da geredet hatten, in den Pausen, wusste er nicht mehr.

Ihm fiel etwas ein. Sie hatten wohl über das Tauchen gesprochen und Raphaela hatte ihn nach seinen Kunden gefragt. Sie hatte gefragt, ob er auch amerikanische oder australische Kunden hatte. Er hatte gesagt, manchmal.

Er schlug sich an die Stirn.

Sie wusste etwas, das er vergessen hatte! Und der Beweis war hier! Er zog mehrere Schubladen aus dem Schrank und begann in seinen Unterlagen zu blättern, ging Rechnung für Rechnung durch, Jahr für Jahr. Nach einer halben Stunde fand er in einem der Ordner, die er aus dem Nebenraum holte, was er suchte.

Peter Keller, wohnhaft in San Francisco, geboren 1959, hatte vor fünf Jahren einen Tauchkurs absolviert. Es war ein Fortgeschrittenenkurs gewesen, Tauchen an Schiffswracks, Tiefseetauchen. Der Kurs hatte drei Wochen gedauert und Peter Keller hatte ihn bar bezahlt.

Jetzt erinnerte sich George dunkel an den hageren Mann, der zurückhaltend und freundlich den gesamten Kurs hindurch wenig Privates gesprochen hatte. Sonst war es üblich, dass sich die Teilnehmer während der gemeinsam verbrachten Zeit näher kamen, aber von Peter hatte George nur erfahren, dass er in den USA mit Meeressäugern arbeitete, wissenschaftlich. Das hatte natürlich die Neugierde vor allem der weiblichen Teilnehmer erregt, die für Delfine schwärmten, aber Peter hatte nur gelächelt und gesagt, dass seine Arbeit viel interessanter klang, als sie es war. Er war ein durchschnittlicher Taucher gewesen.

Seither hatte George Peter nie mehr wiedergesehen, und Raphaela hatte wohl begriffen, dass es bei George nichts zu holen gab, was Peter betraf. Wenn die Erkenntnis auch reichlich bitter schmeckte.

Das Telefon weckte Cynthia. In der Halle warte ein Mann auf sie, sagte die Stimme des Portiers. Sie wollte nicht fragen, wie der Mann aussah. Im Hotel drohte ihr wohl keine Gefahr, selbst wenn der Mann der war, den sie in der Nacht zuvor am Cabo Girão beobachtet hatten. Mit zitternden Knien ging sie hinunter.

Es war George.

„Gott sei Dank bist du es. Ich dachte schon..."

„Was dachtest du?", fragte er lächelnd.

„Dass du der Mann vom Boot bist."

„Ah, die Schriftstellerin. Zu viel Fantasie. Ich wollte dich nur zum Frühstück einladen."

Sie gingen zum Hafen und setzten sich an einen freien Tisch an der Uferpromenade. Funchal lag an diesem Morgen unter einem knallblauen Himmel. Überall blühten Bäume und Blumen, und die Leute hatten keine Schirme bei sich. Das war Cynthia aufgefallen, man konnte sich darauf verlassen. Wenn die Leute Schirme in der Hand trugen, große Schirme mit hölzernen Griffen, regnete es im Laufe des Tages, wenn das Wetter morgens auch noch so schön gewesen war. Liefen die Leute dagegen ohne Schirm herum, blieb es trocken.

Cynthia liebte es, zum Frühstück Obst zu essen. Das Obst auf Madeira war göttlich. Wie machten es die Bauern bloß, dass alles hier gedieh, zig verschiedene Sorten, die Cynthia in Amerika nie gesehen hatte. Vor ein paar Tagen war sie auf dem Markt gewesen, wo die Händler ihr mit winzigen Löffeln den Inhalt der Papayas, und Stachelfrüchte angeboten hatten. Plötzlich rollten Tränen ihre Wange hinunter. Mit Peter war sie nie irgendwo gewesen, sogar damals, als er den Tauchkurs gemacht hatte, war er allein gefahren.

„Was ist los?", fragte George bestürzt. „Habe ich etwas Falsches gesagt?"

Sie schüttelte den Kopf und schluchzte leise.

Er hielt ihr hilflos eine Papierserviette hin, die sie nicht nahm. Das Gesicht in den Händen vergraben saß sie da, ihre Schultern bebten. Er beschloss, einfach abzuwarten. Sie weinte lautlos vor sich hin, und er sah auf seinen Teller, auf dem Speck und Eier appetitlich angerichtet waren und fragte sich, ob es in Ordnung war, wenn er weiter aß, während sie weinte.

„Tut mir leid", stieß sie zwischen zwei Schluchzern hervor, „tut mir so leid."

Er aß und fühlte sich unbehaglich. Von den Vorübergehenden fing er ein paar vorwurfsvolle Blicke auf, zumindest kam es ihm so vor. Langsam legte er das Besteck neben den Teller und rückte seinen Stuhl zu ihr herüber. Er umfasste ihre zitternden Schultern und drückte sie an sich. Laut weinend presste sie ihren Kopf an seine Brust, und er streichelte ihr Haar. Auf die Blicke der Passanten achtete er jetzt nicht mehr.

„Ist ja gut", murmelte er. „Weine ruhig, ist ja alles gut."

Beim Klang seiner Stimme beruhigte sie sich. Die Wolle seines Pullovers roch gut, er roch gut, und fühlte sich auch gut an.

„Ich sehe bestimmt furchtbar aus", sie hob den Kopf und sah ihn aus schwarz verschmierten Augen an.

„Nein, gar nicht", log er, aber eigentlich war es keine Lüge. In seinen Augen war sie schön, und die Spuren der Wimperntusche in ihrem Gesicht änderten daran nichts.

Später am Nachmittag trafen sie sich mit João, den George angerufen hatte. Er hatte darauf bestanden, dass sie zu dritt – Isabella war wieder in Lissabon – überlegten, wie es nun weiter gehen sollte.

„Es gibt noch eine Möglichkeit", sagte João während sie durch den Botanischen Garten schlenderten. „Die Liste. Isabellas Cousin bei der Polizei hat mir eine Liste von Peters Bekannten hier gegeben."

„Und was können wir damit anfangen?", fragte Cynthia, die es genoss, mit zwei schönen Männern in der Sonne spazieren zu gehen.

„Einfach den Nächsten auf der Liste besuchen. Die Schwester von Peters erster Frau."

„Sabrina", sagte Cynthia.

„Hat Peter mit dir über Sabrina gesprochen?", fragte George.

„Nur dass sie seine Schwägerin war und er sich gut mit ihr verstanden hat."

„Dann los", sagte João. „In einer Stunde können wir bei ihr sein. Sie wohnt in São Jorge im Norden, da ist übrigens auch ein gutes Restaurant, ein richtiger Geheimtipp."

„In dem kleinen Dorf?" Cynthia war überrascht. „Sabrina hat doch einen Bauern geheiratet, oder?"

„Ja. Ihre Eltern haben ihr das ziemlich übel genommen."

Cynthia saß vorne auf dem Beifahrersitz neben João und

ließ sich alles erklären. Die Straße, die von Ribeira Brava aus nach Norden führte, war in den letzten Jahren verbreitert worden. Teile der alten Strecke waren zu sehen, unfassbar schmal schmiegten sie sich an die Felsen, übersät mit Gesteinsbrocken. Zu Cynthias Bedauern verschwand die neue Straße bald in einem ziemlich langen Tunnel. Dann fuhren Sie durch einen Ort mit einer schönen Kirche, wenige Kilometer hinter dem Ortsausgang bogen sie von der Hauptstraße ab, und nach ein paar Metern waren sie am Ziel. Ein flaches, weißes Gebäude mit eisernem Tor, hinter dem ein Hund sie anbellte, lag inmitten eines ordentlichen Gemüsegartens.

Eine Frau kam ihnen entgegen. Sie trug Jeans und Gummistiefel und hatte sich ein Tuch ins Haar gebunden. Den Mund hatte sie zusammengekniffen doch als sie ihren Blick über die drei Besucher schweifen ließ, huschte ein Lächeln über ihr Gesicht.

„João! Dich habe ich ja eine Ewigkeit nicht mehr gesehen!" rief sie und öffnete das Tor. Den Hund packte sie am Halsband, was er sich lammfromm gefallen ließ.

„Und wen hast du da mitgebracht?"

„George kennst du, oder?"

Sie schüttelte den Kopf, aber vielleicht wollte sie sich auch nicht erinnern. George war bei ihrer Hochzeit gewesen, vor ein paar Jahren. Das sei die Gelegenheit, hatte João damals zu ihm gesagt, eine echte Landhochzeit live mitzuerleben. Besonders glücklich hatte die Braut nicht auf George gewirkt,

„Und Cynthia. Sie ist auf Besuch hier, aus den USA."

„Kommt herein. Als hättet ihr es geahnt. Der Kuchen ist gerade fertig geworden."

Neugierig sah sich Cynthia in dem Haus um. Ein Bauernhaus hatte sie sich rustikaler vorgestellt, vielleicht so ähnlich wie ihre Hütte daheim in Kalifornien, nach der sie auf einmal Heimweh hatte. Alles hier war sehr sauber und aufgeräumt, aber das betonte die Bescheidenheit der Einrichtung nur. Geld schien knapp zu sein in diesem Haushalt.

Nach dem Kuchen erklärte João: „Cynthia ist hier, weil sie nicht glauben kann, dass ihr Freund Peter, dein Schwager, Selbstmord begangen hat."

Ein kurzer Ruck schien durch die Frau zu gehen, dann sagte sie mit gleichmütig klingender Stimme: „Da ist sie mit allen in der Familie einer Meinung. Die Polizei soll verdammt noch mal ihre Arbeit machen, mein Vater eingeschlossen, und dieses Verbrechen aufklären. Und Sie waren eine Freundin von Peter, sagen Sie?" wandte sie sich an Cynthia.

„Freundin ist vielleicht zu wenig gesagt. Wir waren sieben Jahre zusammen", sagte Cynthia.

Die Frau starrte sie aus dunklen Augen an. „Möchten Sie noch Kaffee?"

„Nein danke."

George legte unter dem Tisch seine Hand auf Cynthias Bein. Sie machten noch eine Weile Smalltalk, aber dann erzählte João in aller Ausführlichkeit, warum sie gekommen waren. Dass sie unten beim Cabo Girão gewesen waren und was sie dort erlebt hatten.

Sabrina rutschte, während sie João zuhörte, auf ihrem Stuhl hin und her. Sie zündete sich eine Zigarette an, ohne die anderen zu fragen, ob sie das störte, und paffte nachdenklich vor sich hin..

„Peter war hier", sagte sie, Rauch ausstoßend. „Vor ein paar Monaten, gleich nachdem er angekommen war. Er fühlte sich verfolgt. Hat mir aber nichts Genaues gesagt, und ich habe mich nicht getraut zu fragen. Es war schon merkwürdig, dass er nach all der Zeit beschlossen hatte, hier zu leben. Seinen Job im Stich zu lassen."

„Und mehr hat Peter nicht erzählt?", forschte João. „Von wem hat er sich verfolgt gefühlt?"

„Hörst du mir nicht zu?", fragte Sabrina ärgerlich. „Er wollte nicht darüber sprechen."

„Wäre es möglich, dass ein Geheimdienst hinter ihm her war?"

Ein spöttisches Grinsen erschien auf Sabrinas Gesicht. „Da hat wohl jemand zu viel Fantasie. Keine Ahnung, warum sich Peter verfolgt fühlte. Vielleicht Paranoia, was weiß ich. Vielleicht Midlife Crisis." Ein verächtlicher Blick streifte Cynthia. „Sie hat er nie erwähnt. Wir standen uns ziemlich nahe, müssen Sie wissen."

Cynthia schwieg dazu.

„Schöne Grüße vom alten Jorge aus São Vicente soll ich dir noch ausrichten", log João, um irgendetwas Passendes zum Abschied zu sagen.

„Danke. Sag dem alten Gauner, dass ich ihn besuchen komme, sobald ich Zeit habe."

„Das war wohl ein Reinfall", seufzte Cynthia, als sie zurück auf die Hauptstraße fuhren.

„Finde ich nicht", sagte George. „Irgendwas ist da im Busch. Sie hat komisch reagiert."

„Worauf denn?"

„Dass du mit Peter zusammen warst."

„Und was, glaubst du, hat das zu bedeuten?"

„Schwer zu sagen", George sprach in Cynthias Nacken. Nahm sie ihn ernst? Ohne ihr Gesicht zu sehen, konnte er das nicht wissen. „Es könnte gar nichts bedeuten. Es könnte aber auch Eifersucht im Spiel sein. Du weißt ja, die meisten Morde geschehen aus Eifersucht. Ihren Ehemann hat sie mit keinem Wort erwähnt."

Von vorne ertönte zweistimmiges Gelächter.

„Schade, dass du nicht zur Polizei gegangen bist", sagte João. „Du hättest einen erstklassigen Ermittler

152

abgegeben. Sabrina ist also die Mörderin, ja?"

„Das habe ich nicht gesagt. Haltet ihr mich für doof?"
Niemand antwortete ihm, und George fuhr beleidigt fort:
„Aber vielleicht weiß Sabrina doch mehr, als sie zugeben will. Könnte doch sein."

Ein Pfiff ertönte.

„Was ist jetzt wieder los?", fragte George gereizt.

„Nichts", sagte João. „Wir sind eben an Martinhos Vater vorbeigefahren. Er saß in dem roten Pickup neben dem Fahrer. Diese Insel ist ein verfluchtes Dorf. Man kann keine Bewegung machen, ohne auf Bekannte zu treffen."

„Dasselbe wird Martinhos Vater auch gedacht haben."

Nach dem Tunnel wurde João nervös. Sie hatten hervorragend gegessen, Fleischspieße die zu Cynthias Erstaunen an Stangen von der Decke hingen, genau so, dass das Zugreifen bequem war. Jetzt waren sie auf dem Heimweg, und ein Auto hinter ihnen blendete permanent auf. João sagte den anderen, die nach dem reichhaltigen Essen dösten, nichts und bog kurz vor Ribeira Brava auf eine steil bergauf führende Straße. Das Auto folgte ihnen, nach wie vor mit aufgeblendeten Scheinwerfern.

Im zweiten Gang nahm er mit heulendem Motor die Kurven, aber es gelang ihm nicht, den Abstand zu dem Wagen zu verringern. Er passierte die Stelle, an der damals der Motorradunfall mit Martinho ihre sorglose Jugend schlagartig beendet hatte. Eine merkwürdige Ironie wäre es, wenn sie ihn genau hier von der Straße drängen würden. Er zweifelte keine Sekunde daran, wer in dem Auto hinter ihnen saß. Hoffentlich waren sie nicht bewaffnet.

Aber er hatte sein ganzes Leben hier verbracht. Er kannte Tricks und Abkürzungen, er konnte sich notfalls auch ohne Licht orientieren, und als er jetzt die Hochebene erreicht hatte, gab er Gas und schoss mit fast zweihundert

Sachen davon. Die Straße führte hier immer nur stur geradeaus, und er hielt auf eine Kreuzung zu. Erst in letzter Sekunde bog er mit quietschenden Reifen ab, in Richtung Prazeres, kam kurz ins Schleudern, und fing sich wieder. Der Alfa machte seinem Namen alle Ehre. Die Verfolger schossen über die Kreuzung hinweg. Nach ein paar hundert Metern steil bergab riss João das Steuer herum und fuhr rumpelnd in einen Waldweg.

„Was ist los?", flüsterte Cynthia, die längst wach war.

João raste mit zusammengebissenen Zähnen ohne Licht ins Dunkle und brachte dann den Wagen ruckartig zum Stehen.

„Es sind welche hinter uns her, aber keine Sorge, die hängen wir ab."

In diesem Moment hörten sie die quietschenden Bremsen eines Autos, das sich in viel zu hoher Geschwindigkeit näherte. Sie hielten den Atem an. Der Lärm schwoll an, sie hockten in der tintiger Schwärze, jeder für sich allein, hilf- und bewegungslos. Dann war es vorbei, und das Motorengeräusch verlor sich in der Ferne. Auf Schleichwegen fuhren sie zurück nach Funchal.

Am nächsten Morgen war George plötzlich klar, was er falsch gemacht hatte. Niemals hätte er Cynthia allein im Hotel lassen dürfen, es war viel zu gefährlich für sie, und ihre Angst, dass die Verfolger es auf sie abgesehen hatten, entstammte nicht ihrer blühenden Fantasie. Er war derjenige, der weder Fantasie noch Einfühlungsvermögen gezeigt hatte.

Er hängte einen Zettel in das Fenster seines Büros: „Wegen familiären Gründen geschlossen". Noch hatten die Tauchkurse nicht begonnen, die er jedes Jahr veranstaltete, die bis zu mehreren Wochen dauern konnten. Das war seine Spezialität. Bei ihm konnte man nicht nur Scheine erwerben, sondern sich auch in Begleitung eines Tauchlehrers einiges an Praxis zulegen.

Der Weg nach Funchal schien endlos, dabei brauchte George genau eine Viertelstunde bis zum Hotel, Rekordzeit. Er traf Cynthia wohlbehalten an, als sie gerade das Hotel verlassen wollte.

„Das ist ja schön. Holst du mich jetzt jeden Morgen ab?" fragte sie grinsend.

„Ich habe mir Sorgen gemacht. Die Leute in dem Auto gestern, ich glaube, mit denen ist nicht zu spaßen."

Sie bummelten durch die Altstadt, und George zeigte Cynthia die Stockfische, die an Holzspießen überall verkauft wurden. Sie hätten irgendein Touristenpaar sein können.

„Sabrina gestern war komisch", sagte Cynthia, Stockfisch kauend. „Schmeckt übrigens nicht besonders, finde ich."

„Ich habe mich mit der Zeit dran gewöhnt. Im Essen schmeckt er besser."

„Was denkst du über Sabrina?"

„Naja, sie ist unglücklich da draußen. Und sie verschweigt uns was."

„Wie kommst du darauf?"

„Dass sie uns was verschweigt?"

„Ja."

„Sie hat auf dich reagiert. Gestern habt ihr über mich gelacht, aber ich bleibe dabei. Es sah aus, als wäre sie eifersüchtig auf dich. Wegen Peter."

„Meinst du, sie hatte was mit ihm?"

„Schwer zu sagen. Wenn es so wäre, könnte sie die Mörderin sein. Das meine ich jetzt ganz im Ernst."

„Wer sind dann die Leute in dem Auto?"

„Keine Ahnung. Die suchen irgendwas. Das Manuskript vermutlich, genau wie wir."

Cynthia sah ihn schweigend an.

„Was ist? Hat dir etwa niemand von dem Manuskript erzählt?"

Sie schwieg noch immer.

„Was hast du denn gedacht, was wir neulich nachts dort gemacht haben?"

„Ich dachte, wir suchen irgendeine Spur, etwas, das uns zu Peters Mörder führt."

„Nein Cynthia. Wir wissen von Martinhos Vater, dass Peter ein Manuskript hier versteckt hat. Es ist dort, wo mein Herz ist oder so ähnlich, hat er geschrieben. Wir haben gedacht, dass das Cabo Girão dieser Platz ist. Aber anscheinend haben wir falsch gedacht."

Cynthia biss sich auf die Lippen. Isabella, bestimmt war sie es gewesen, die entschieden hatte, dass Cynthia nichts von dem Manuskript erfahren sollte.

„Jetzt bist du sauer auf uns, oder?", fragte George und betrachtete dabei seine Segeltuchschuhe, die seine Art waren, Zuversicht darüber auszudrücken, dass es heute nicht regnen würde.

„Enttäuscht bin ich."

„Es war sicher keine Absicht. Wir haben einfach vergessen, es dir zu sagen."

„Dann sag mir wenigstens jetzt alles, was du weißt."

Das tat er. Sie setzten sich auf eine Bank in dem kleinen Park mitten in der Stadt, vor dem der hübsche runde Kiosk stand, der Cynthia gleich bei ihrem ersten Spaziergang aufgefallen war. George berichtete über Martinho und dessen Vater, über die Dokumente und das Manuskript, über Sabrina und Jorge und noch einiges mehr.

Manches war nicht neu für Cynthia, aber sie war froh, dass er sie einweihte und froh, dass er bei ihr war, und sie unterbrach ihn nicht. Danach erzählte sie ihm von dem Obdachlosen in Santa Monica.

„Weißt du was", sagte sie, „am liebsten würde ich Anne bitten, noch eine Séance für mich zu machen."

„Tu das doch", sagte George sofort. „Geister können helfen. Jeder Engländer weiß das."

„Würdest du mitkommen?"

„Ja."

Ein feines Lächeln umspielte Annes Mund als sie George und Cynthia begrüßte. Was für ein reizendes Paar, dachte sie, englisch und amerikanisch und aus beiden Welten das Beste.

„Haben Sie weitere Fragen an Peter?", fragte sie Cynthia, nachdem sie ihr und George Tee eingeschenkt hatte.

„Ja. Ich möchte ihn fragen, ob wir auf der richtigen Spur sind."

Während Annes Augen sich auf die nun schon vertraute Weise einwärts drehten, hielt George Cynthias Hand, die sich kalt und feucht anfühlte.

„Peter sagt, die Spur ist richtig, Fehler muss korrigiert werden, sucht bei Sabrina."

„Oh Gott", entfuhr es Cynthia.

„Darf ich auch etwas fragen?", fragte George, „Kann Peter sagen, warum *wir* suchen sollen? Warum das nicht die Polizei erledigen kann?"

Anne sah Cynthia fragend an, die nickte.

Nach einer Weile sagte Anne: „Peters Antwort ist, der Fehler muss korrigiert werden. Die Polizei kann das nicht."

„Jetzt wissen wir genauso viel wie vorher", brummte George.

Cynthia sagte: „Peter, ich muss zurück in die Staaten. Verstehst du das?"

Anne zuckte mit den Achseln und konzentrierte sich.

„Peter sagt, der Fehler muss korrigiert werden. Nur ihr könnt es tun. Vier Menschen zusammen, sagt er. Es tut ihm leid. Er ist jetzt weg."

„Also suchen wir bei Sabrina", sagte George. „Und zwar zu viert."

Cynthia trank von ihrem Tee. „Anne, was meinst du dazu?"

„Das hört sich vernünftig an. Natürlich sagt der gesunde Menschenverstand, dass ihr lieber die Finger davon lassen sollt, und normalerweise würde ich auch dazu raten, aber ich habe es noch nie erlebt, dass ein so entschiedener Geist wie Peter jemanden in die Irre geführt hat. Wenn er sagt, dass ein Fehler korrigiert werden muss, dann hat das seine Richtigkeit. Ich glaube, dass ihr beschützt seid bei dem, was ihr tut."

„Wir nehmen uns jetzt frei vom Jenseits", verkündete George als sie wieder im Auto saßen. „Ich wette, du kennst noch nicht den Adlerfelsen und die kleinen Spitzhäuser und Porto Moniz. Bis zum Wochenende haben wir noch drei Tage, die sollten wir nutzen. Zwar bin ich kein Einheimischer, aber so gut wie."

Cynthia lachte. „Gut. Wohin fahren wir?"

„Nach Porto Moniz. Da kommen wir noch mal bei Sabrina vorbei, bei ihr in der Nähe, das soll uns nicht stören."

Er hatte ihr nicht ganz die Wahrheit gesagt. Er wollte herausfinden, ob auch sein Auto verfolgt werden würde. Es war zwar nicht ganz so stabil und schnell wie der Alfa, dafür aber wendig, und er traute sich zu, den Verfolgern ein für alle Mal einen Denkzettel zu verpassen.

Davon sagte er aber Cynthia nichts, denn er dachte, dass sie bei ihm in Sicherheit war und sie das kleine Risiko ruhig eingehen konnten. Wahrscheinlich würde sowieso nichts passieren. Unbehelligt gelangten sie nach Porto

Moniz.

Wild schäumte der Atlantik gegen die dunklen Felsen, sie kletterten zwischen den Wasserbecken herum und zogen Schuhe und Strümpfe aus, um die Temperatur zu testen.

„Ih!", schrie Cynthia, „es ist eiskalt."

„Stimmt nicht! Das Meer hat hier mehr oder weniger immer die gleiche Temperatur, so um achtzehn Grad."

„Achtzehn Grad? Fühlt sich an wie Eiswasser."

Mit Peter war es nie so lustig gewesen. Sie hatten sich ihr Leben miteinander eingerichtet, hatten Ausflüge unternommen, aber lachen bis der Bauch weh tat, sich mit Wasser vollspritzen und einfach glücklich sein, das hatte es bei ihnen nie gegeben. Auch nicht am Anfang.

Konnte das sein, dass Sabrina und Peter... Früher vielleicht, aber da hatte ja seine Frau noch gelebt. also eher nach ihrem Tod? „Wir standen uns sehr nah", hatte Sabrina gesagt. In der Trauer waren sich Sabrina und Peter also näher gekommen, sehr nah. Schwager und Schwägerin konnten einander schon ein Trost sein.

Schwierig, sich Peter mit so einer einfachen Frau vorzustellen. Halt, Sabrina war keine einfache Frau, sie war die Tochter einer wohlhabenden Familie, mittlerweile die einzige Tochter. Sie hatte die Rolle der Bäuerin so überzeugend gespielt, dass Cynthia das beinahe vergessen hatte. In dem Haus hatte es schrecklich ausgesehen, ärmlich, traurig, und die Frau hatte diese Traurigkeit auch ausgestrahlt, obwohl sie sich alle Mühe gegeben hatte, sie zu verbergen. Das einfache Leben fern der Hauptstadt und der Familie brachte ihr anscheinend kein Glück. Weshalb hatte sie sich so weit unter ihrem Stand verheiratet? Cynthia konnte sich nur einen Grund vorstellen, die ganz große Liebe. Hatte die sich verflüchtigt?

„Sollen wir Sabrina noch mal besuchen?", fragte Cynthia

und zog die Strümpfe über ihre nassen Füße.

„Willst du?"

„Eigentlich nicht. Nur geht sie mir nicht mehr aus dem Kopf."

„Es ist vielleicht besser, wenn wir bis zum Wochenende warten. Ich weiß nicht, wie sie reagiert, wenn wir schon wieder bei ihr auftauchen. Nachher wird sie noch misstrauisch."

„Okay."

„Ich werde dir stattdessen oben in den Bergen eine Levada zeigen. Es ist noch nicht zu spät für eine Wanderung."

Von der Küste aus fuhren sie eine gewundene Bergstraße hinauf, und George achtete genau darauf, ob sich etwas im Rückspiegel zeigte. Aber sie waren ganz allein.

Die Levada war gut gefüllt, klar und schnell floss das Wasser in seiner steinernen Einfassung dahin, Cynthia fühlte sich auf dem grünen, ebenen Wanderweg herrlich, die Luft war feucht und frisch, ganz anders als unten in Funchal, wo manchmal schon fast sommerliche Temperaturen herrschten.

Sie kamen an frechen Finken vorbei, die auf Bänken posierten, als warteten sie darauf, fotografiert zu werden. Cynthia tat ihnen den Gefallen. Es waren schöne Vögel, die Männchen bunt, die Weibchen unauffällig.

Ein paar Trittsteine führten über einen Wasserlauf. Links vom Weg fiel der Hang senkrecht ab, und George schauderte bei dem Gedanken, was passieren würde, wenn sie hier oben ihre Verfolger träfen. Ein Sturz würde mit ziemlicher Sicherheit tödlich enden.

Er freute sich an Cynthias Trittsicherheit, sie trug noch nicht einmal Wanderschuhe, genauso wenig wie er, bewegte sich aber gewandt über die glitschigen Steine. Bei jeder Biegung des Weges brach sie in

Begeisterungsrufe aus, das grüne, teils terrassierte, teils mit blühenden Akazien bewaldete Tal wirkte wie eine verwunschene Zauberlandschaft.

Wasser stürzte von einem Überhang auf den Weg. Sie wurden ziemlich nass, konnten sich aber nicht entschließen, umzukehren. Mit jeder Biegung enthüllte der Weg neue Schönheit.

Irgendwann war es der Hunger, der sie zurücktrieb zum Auto und nach Porto Moniz. Fisch und Wein und das merkwürdige Brot der Insel schmeckten ihnen nach der langen Wanderung besonders gut, und sie redeten nicht mehr über Sabrina oder Peter. Die Levada hatte ihnen etwas enthüllt, eine gemeinsame Sehnsucht, der George folgte, wenn er tauchte und Cynthia, wenn sie schrieb. Es war eine Welt, die neben und hinter der realen existierte, eine Welt, zu der sie beide Zutritt hatten. Sie sahen einander mit plötzlicher Wachheit an.

„Deine Hütte in den Bergen würde ich gern mal sehen", sagte George.

„Du bist jederzeit willkommen."

„Und deinen Kater."

„Mr Smith. Ich vermisse ihn."

„Aber noch lieber möchte ich mit dir über deine Bücher reden."

Sie erzählte ihm von Käthe Paul und deren Luftfahrtakrobatik. „Ich glaube, dass sie ihren Traum gelebt hat. Sie hat gemacht, was sie wollte."

Er nickte. „Das ist die beste Art, sein Leben zu verbringen, schätze ich."

„Genau. Wenn es auch nicht immer einfach ist. Finanziell zum Beispiel."

„Du bist doch berühmt. Tut mir leid, wenn ich das so sage, aber ich habe mich über dich erkundigt." Er drohte ihr mit dem Finger. „Deine Bücher sind in dreißig

Sprachen übersetzt, zwei habe ich gelesen „Der Leuchtturm" und noch ein anderes, von dem mir der Titel nicht einfällt. Über den Dreißigjährigen Krieg."

Sie errötete, und er sah es. Sah alles. Dass sie geschmeichelt war, dass sie bis in ihre unauslotbare Tiefe voller Geschichten steckte, dass sie eine erwachsene Frau war und gleichzeitig ein träumerisches Kind, und alles gefiel ihm. Gott sei Dank war er sich dessen nicht bewusst, sonst hätte er es verdorben.

So aber sagte er: „Du hast also Geld."

„Klar habe ich Geld. Trotzdem muss ich das neue Buch in einem dreiviertel Jahr fertig haben. So viel Geld habe ich nämlich nicht, dass ich es mir leisten könnte, gegen den Vertrag zu verstoßen. Was ist mit dir?"

„Ich muss arbeiten. Meine Tauchschule ernährt mich, das schon. Ich lebe ganz gut davon."

Sie lachte. „Wie sind wir jetzt darauf gekommen? Ich rede sonst nie über Geld."

„Möchtest du einen Portwein? Madeira ist berühmt dafür."

„Süßer Wein? Mag ich eigentlich nicht besonders."

„Wart ab, bis du ihn probiert hast."

Er bestellte beim Kellner zwei Gläser dunklen Portwein. Wie Likör rann er ihr durch die Kehle, samtig, dickflüssig, einem Nachtisch ähnlicher als einem Getränk.

„Darf ich dich etwas fragen?", wagte sie sich vor, ermutigt von der köstlichen Wärme, die der Wein in ihren Eingeweiden hinterlassen hatte.

„Klar."

„Unten am Cabo, als wir dort waren, ist irgendwas mit dir passiert. Ich frage mich, ob du jemanden erkannt hast."

Jetzt lief George rot an. „Du kannst ja verteufelt gut

kombinieren", murmelte er.

„Es stimmt also?", bohrte sie nach.

„Ja. Ich habe die Frau erkannt. Sie heißt Raphaela. Sie war mal beim Salon, du weißt schon, beim Jour Fixe."

Sie fragte nicht weiter, und er sprach erleichtert über ihre Ausflugspläne für die nächsten Tage.

Isabella

Kurz davor zu explodieren, fixierte Isabella das wütende Gesicht des Chefredakteurs.

„Sie verwechseln unsere Zeitung mit einem Revolverblatt!", schrie er. „Ich will nichts mehr von dieser Navysache hören! Für Nordafrika brauchen wir jemanden, meinetwegen machen Sie das, aber lassen Sie mich um Gottes Willen mit ihren Verschwörungen in Ruhe! Also wirklich", fügte er etwas freundlicher zu, „gerade von Ihnen erwarte ich etwas anderes. Etwas Hochkarätiges."

Isabella hatte keine Lust, darauf zu antworten. Was sie ihm abgeliefert hatte, war genauso hochkarätig wie ihre anderen Arbeiten. Sie hielt sich an das, was ihr als Journalistin bisher nur Lob eingebracht hatte. Die Fakten gab sie ungeschminkt wieder, egal, ob sie zu ihrer politischen Meinung passten oder nicht. Und jetzt sollte sie das plötzlich ändern? Eher würde sie kündigen!

Reg dich ab, murmelte sie leise, als sie wieder allein war, du feiger Hund, du. Silvio ging auf dem Flur vorbei, sie erkannte ihn an seinem Laufschritt, mit dem er von morgens bis abends durch die Redaktion galoppierte, und riss ihre Tür auf und zog Silvio in ihr Büro. Sie erzählte ihm, was los war.

„Wenn du etwas wirklich Sensationelles herausfindest", versuchte Silvio sie zu trösten, „heißt es immer gleich Verschwörung. Gerade beim Militär klingt die Wahrheit eben oft wie Science Fiction."

„Es ärgert mich aber trotzdem."

Er tätschelte ihre Hand. „Kopf hoch. Du machst ein paar klitzekleine Änderungen und bringst das Ganze als Special raus. Fortsetzungsgeschichte, nicht in den aktuellen Nachrichten."

„Da gehört es aber hin."

„Ich weiß. Mach eine Hintergrundstory draus, was Buntes, Abwechslung im grauen Politikalltag."

„Hör auf. Mir wird schlecht."

„So schlimm?"

„Ja. Die Sache stinkt zum Himmel, und wir verbannen sie auf die hinteren Seiten. Zum Kotzen."

„Wir sind Journalisten. Ist doch nicht das erste Mal, dass du etwas nicht durchkriegst."

„Bis jetzt konnte ich es aber immer nachvollziehen."

„Was genau stört denn den Chef so?"

„Die Meeressäuger. Er meinte, dass dieser Bewusstseinsquatsch unserem Ruf schadet. Weil es nicht sauber recherchiert ist."

„Das ist es, was dich ärgert. Er hat uns schlechte Arbeit vorgeworfen."

„Eigentlich nur mir, Silvio. Dein Artikel ist okay. Neue Waffen im Irak oder in Afghanistan, das geht durch." Sie biss sich auf die Lippen. „Entschuldige. Ich bin so sauer."

Sie sprachen von etwas anderem, Silvio hatte sich einen Flachbildschirm gekauft, von dessen Qualitäten er Isabella in allen Einzelheiten erzählte. Doch dann fragte er plötzlich: „Seit wann entscheidet der Chef eigentlich allein?"

„Keine Ahnung."

„Muss ihm ja ziemlich wichtig sein. Was meinst du, könnte da noch mehr sein?"

Sie lächelte. „Witterst du was?"

„Überleg doch mal. Der Chef macht so einen Aufstand. Normalerweise ist er nicht gerade zimperlich, wenn es um die USA geht."

Sie ging sofort zurück in das Zimmer des Chefs, an der verdutzten Sekretärin vorbei und schoss ins Blaue: Er war nur eingeknickt, weil der Staat Portugal seine

Zukunft im Meer sah, fantasierte sie drauf los. Die große, alte Seefahrernation war dabei, ihre militärische Präsenz unter Wasser auszubauen. War es nicht so? Und machte dabei auch vor den Meeresbewohnern nicht Halt.

Der Chef saß breit und behäbig hinter seinem Schreibtisch und blinzelte Isabella zu. „Ich weiß gar nichts. Aber eins weiß ich schon. Die Regierung und das Militär reagieren empfindlich auf Geschichten, die die Bevölkerung aufregen. Delfine, Ihnen ist doch klar, dass da die Wellen hoch schlagen werden." Er machte eine Pause, um ihr Gelegenheit zu geben, über sein Wortspiel zu schmunzeln.

Haha, dachte Isabella und fragte laut: „Unterhält Portugal militärische Forschungsprojekte an Meeressäugern?"

„Wie gesagt, ich weiß nichts. Aber wir können es nicht ausschließen. Überall Wasser, denken Sie mal an die Inseln. Delfine haben wir auch und Wale und all das Zeug."

Isabella verzog angewidert den Mund. „Delfine sind kein Zeug, Wale und Seelöwen auch nicht."

„Tut mir leid. Sie sind eine Grüne. Aber Sie haben mich verstanden, kein Artikel über Projekte mit Viehchern. Habe ich mich klar ausgedrückt?"

Denken Sie mal an die Inseln, hatte er gesagt. Der Unglückswurm, wenn er geahnt hätte, wie sie das inspirierte. Sofort begann sie mit der Recherche. Die Azoren, Madeira, die Kapverden und die anderen kleinen Inseln im Atlantik. Wenn die Amerikaner daran forschten, aus Tieren Maschinen zu machen, taten sie das sicher nicht ohne die Nato. Und Portugal gehörte zur Nato und verfügte über Meeresgebiet, das sehr weit weg vom europäischen Festland lag, geradezu ideal, um etwas vor den Augen der Öffentlichkeit zu verstecken.

In Isabellas Kopf ratterte es. Forschung an einem

versteckten Ort, schrieb sie auf ein weißes Blatt Papier. Sie konnte ihren Chef sogar ein bisschen verstehen. Vor Jahren hatte sie einmal ein Buch über Mind Control gelesen. Angeblich hofften die Geheimdienste, zukünftig durch Bewusstseinskontrolle ihre Macht zu zementieren, doch gab ja es da noch diese winzigen Drohnen, die die USA in jedem Krieg einsetzten, die den Job weitaus besser erledigten. Bewusstseinskontrolle, das klang irgendwie unseriös.

Um drei Uhr beschloss sie, dass es für heute genug war und sie auf dem Heimweg noch bei Avo vorbeischauen würde.

„Dieses Arschloch", schnaubte Isabella kurz darauf in Avos Wohnzimmer, „er will mir verbieten, die Geschichte mit den Delfinen herauszubringen."

„Was ist das für eine Geschichte?" Avo war beim Friseur gewesen und ihre Löckchen hatten jetzt einen bläulichen Schimmer, von dem Isabella nicht sicher war, ob er beabsichtigt gewesen war. Vorsichtshalber erwähnte sie die neue Haarfarbe nicht.

„Es geht um Delfine als Waffe", begann Isabella und Avo hörte mit zusammengekniffenen Augen zu. Das machte sie immer, wenn sie sich konzentrierte.

„Militärs tun solche Dinge", stellte sie grimmig fest, nachdem Isabella ihr alles berichtet hatte, „die Leute haben ein Recht, zu erfahren, was sie treiben, die Herren Generäle."

„Das denke ich auch. Mir ist da eine Idee gekommen. Wenn Portugal dabei ist, könnte es doch Forschungsstationen geben, in irgendeinem Naturschutzgebiet mitten im Atlantik."

Avo lächelte. „Denkst du an Madeira?"

„Nicht unbedingt. Andererseits habe ich etwas von einer Meeresbiologin gehört, die bei Joãos Mutter war, bei diesen wöchentlichen Treffs. Sie hat sich aber ziemlich auffällig benommen, von wegen geheim."

„Das kann Absicht gewesen sein."

Isabella dachte an die Nacht am Cabo Girão. Aber sie wollte ihre Avo nicht ängstigen. Dass João genau den gleichen Gedanken gehabt hatte, und ihr deshalb nichts von der Verfolgungsjagd auf der Hochebene erzählt hatte, hätte sie verstört, wenn sie es gewusst hätte.

„Du bist müde", sagte Avo. „Ich koche uns mal einen Kaffee." Isabella machte es sich auf dem geblümten Sofa gemütlich und schlief sofort ein. Sie wachte erst wieder auf, als es im Zimmer schon ganz dunkel war. Nebenan hörte sie Avo in der Küche werken.

„Ich bin wach!", rief Isabella. „Kochst du?"

„Nur weiße Bohnen mit Tomaten."

Die einfachen Gerichte ihrer Kindheit. Bohnen, Linsen, Kartoffeln, das gute Gemüse aus Avos Laden. Nichts ging darüber. Essen, das tröstete und wärmte. Genau, was sie jetzt brauchte.

Mindcontrol erwies sich als harter Brocken. Hart zu schlucken, noch härter zu verdauen. Über aktuelle Versuche gab es wenig Information, und die stammte aus zweifelhaften Quellen. Doch eine Sache schien Isabella glaubhaft. Geheimdienste versuchten herauszubekommen, wie man erkannte, was im Kopf eines Menschen vorging. Das taten sie natürlich nicht aus Neugier. Sie wollten den Schalter finden, der es möglich machte, einen Menschen vollkommen zu kontrollieren. Befehle von außen würden dann als innere Gedanken erlebt, der Mensch hätte keine Möglichkeit mehr, sich zu wehren.

Wie weit waren sie damit? Was geschah in den geheimen Labors? Isabella las. Russen und Amerikaner versuchten das Ziel auf verschiedene Weise zu erreichen. Die Russen hatten wenig Berührungsängste mit Telepathie und Metaphysik. Ihre Versuche hingen von einigen mental besonders starken Individuen ab. Die Amerikaner dagegen versuchten den Zufall auszuschalten. Sie taten das auf wenig sympathische Weise - mit Operationen, Internierungen, Gehirnwäsche und anderem, das an Folter erinnerte Isabella gab sich keinen Illusionen hin, Geheimdienste arbeiteten überall auf der Welt gleich, es waren nur so, dass über die amerikanischen besonders viel im Internet kursierte.

Zu gern hätte sie das alles verworfen.

Nur leider passte es zu dem, was der pensionierte Admiral ihr erzählt hatte. Sie rief wieder die Audiodatei auf und lauschte der knarzigen Stimme des amerikanischen Admirals zum wiederholten Mal.

Isabella: Admiral Middleton, was haben Sie mir zu berichten über die geheimen Forschungen der Marine an Meeressäugern?

Admiral: Zunächst einmal möchte ich betonen, dass der Einsatz von Säugetieren, ich spreche hier von Delfinen und Seelöwen, keinerlei Geheimhaltung unterliegt. Die Marine benutzt die Tiere seit vielen Jahren, um Minen aufzuspüren, auch um Sprengkörper zu platzieren. Darum geht es also nicht. Was ich anprangere, ist etwas völlig anderes. Es hat nur kurzfristig mit Tierschutz zu tun. Letztlich ist die Frage, ob wir Menschen unsere Freiheit verlieren oder nicht. Und zwar alle Menschen.

Isabella: Warum so dramatisch, Admiral Middleton?

Admiral: Weil Wissenschaftler inzwischen bei Meeressäugern spezielle, winzige Apparate implantieren, die bestimmte Botenstoffe ausschütten, die das Tier bestimmte Dinge tun lässt. Ich kann Ihnen das nicht

169

genau erklären, ich bin kein Neurologe. Allerdings hatte ich Kontakt mit den operierten Tieren, es waren Delfine, und ich muss Ihnen sagen, dass ich etwas so Gruseliges nie zu vor erlebt habe.

Isabella: In welchem Zusammenhang hatten Sie Kontakt mit den operierten Delfinen?

Admiral: Dazu kann ich leider keine Angaben machen. Ich hoffe aber und bin zuversichtlich, dass Sie es herausfinden werden. Die Delfine verhielten sich völlig unnatürlich. Auf das entsprechende Signal hin, das von außerhalb gegeben wurde, kehrten sie schlagartig um, sprangen aus dem Wasser oder ließen sich mit dem Bauch nach oben treiben. Natürlich apportierten sie auch Gegenstände oder versteckten welche an vorgegebenen Stellen. Und sie attackierten Dummys, und zwar so, dass die, wenn sie lebendige Menschen gewesen wären, keine Chance gehabt hätten. Sie verstehen, was ich meine? Diese Delfine waren auf Knopfdruck zu Killern geworden. Und ich habe Fantasie genug, um zu sehen, wohin das führt.

Isabella schaltete das Interview aus. Dem Admiral nicht zu glauben, wäre einfach verrückt. Der Mann hatte keinen Grund zu lügen, und er riskierte einiges. Plötzlich dämmerte ihr, dass er sie ausgesucht hatte, weil die Forschungen zur Bewusstseinskontrolle wirklich in Portugal geschahen. Sie musste unbedingt noch einmal mit Admiral Middleton sprechen. Er war nur über einen Mittelsmann zu erreichen, einen ehemaligen Mitarbeiter der New York Times. Sie schickte dem Mann eine Mail, „würde gern mit Terry sprechen", und er schrieb nach zwei Stunden zurück, „Terry lässt dich grüßen, er sieht gerade Nachrichten".

„Verdammt", fluchte sie und wechselte zu CNN.

„Hochrangiger Exmarine bei Flugzeugabsturz ums Leben gekommen" lautete der Text, unter dem Beitrag, der zusammen mit anderen Nachrichten in einer Endlosschleife wiederholt wurde.

Es war zu spät.

Endlich wurde es Wochenende und sie flog zu João. Am liebsten hätte sie ihren Kopf in den Sand gesteckt, sich nicht weiter mit Gehirnimplantaten beschäftigt. Selten hatte sie solche Übelkeit bei einer Recherche verspürt. Die Regierungen dieser Welt planten offensichtlich, die Menschen zu entmündigen. Der Anfang dazu war schon vor Jahrzehnten gemacht worden. Mittlerweile gab es elektronische Fußfesseln, das war die erste Generation der Kontrolle. Als Nächstes war geplant, Menschen auf Knopfdruck bestrafen zu können, wenn sie sich auf unerlaubte Weise verhielten. Auch Gehirnchips für die Überwachung von Blutdruck und anderen biologischen Daten waren längst entwickelt. Wie immer wurden diese Dinge den Massen durch eine Mischung aus Angst und Bequemlichkeit schmackhaft gemacht. Vermisste Kinder oder Haustiere konnten mit dem Chip wiedergefunden werden, Prothesen waren ansteuerbar über künstliche Signale, die Maschinisierung des Menschen brachte also rundherum nur Vorteile. Im Krieg war es möglich, Soldaten virtuelle Realitäten ins Gehirn zu spielen, sodass sie das gewünschte Szenario vor Augen hatten und die gewünschten Aktionen vollführten.

Wenn nur ein Bruchteil von all dem stimmte, was Isabella in den letzten zwei Tagen recherchiert hatte, stand es schlecht für die Menschheit. Admiral Middleton hatte nicht übertrieben. Dass er gerade jetzt gestorben war, konnte kein Zufall sein. Er hatte ihr einen Auftrag erteilt. Sie musste herausfinden, wie Portugal in die

Sache verstrickt war, das war sie ihm schuldig. Ein netter alter Herr, war er gewesen, ganz die alte Schule. Sie hatten sich gut verstanden, er hatte Humor gehabt, hatte seinen Charme bei ihr eingesetzt. Und er hatte keinen Zweifel daran gelassen, dass es ihm bitterernst war.

Die Desertas

Sie hatte es sich nicht leicht gemacht, hatte bis zuletzt gezögert, aber nun war sie unterwegs zu ihr, zu Sabrina. Seit Cynthia ihr begegnet war, ging Sabrina ihr nicht mehr aus dem Kopf. Cynthia sagte ihre schriftstellerische Intuition, dass da etwas gewesen war zwischen Peter und Sabrina und dass es in Verbindung stand mit Peters Tod. Natürlich gab es keine Beweise dafür. Peter hätte sie aufgezogen, hätte gelacht über ihre Intuition, aber er war nicht mehr da, und ein wenig mehr Intuition hätte ihm vielleicht das Leben gerettet.
Die kurvige Bergstraße im Inselinneren war noch feucht vom Regen der Nacht, und Cynthia fuhr langsam, um nicht ins Schleudern zu geraten. Sabrina würde sich nicht freuen, Cynthia zu sehen. Cynthia war jahrelang mit dem Mann zusammen gewesen, den Sabrina selbst gern für sich gehabt hätte, so viel war klar. Aber jetzt spielte das keine Rolle mehr, denn Peter war tot. Vielleicht konnte sie Sabrina das begreiflich machen. Vielleicht wusste Sabrina etwas, das helfen konnte aufzuklären, was mit Peter geschehen war.
Vage hatte Cynthia gehofft, Sabrina wieder in ihrem Garten anzutreffen, doch um das Haus herum war kein Mensch, als sie aus dem Mietwagen ausstieg, und Cynthia ging zu der dunklen Holztür und betätigte den Klopfer.
Nichts.
Sie klopfte lauter.
Plötzlich wurde die Tür aufgerissen, und ein Junge im Teenageralter starrte Cynthia neugierig an. Seine großen, dunklen Augen erinnerten Cynthia an irgendetwas, das ihr im Moment nicht einfiel.
„Your mum? Is she there?"

Wortlos trat er zurück und ließ Cynthia eintreten. In dem dämmrigen Hausflur brannte nur eine Glühbirne, und er ging ihr voran durch das kalte Steinhaus, über eine kurze steinerne Treppe und öffnete eine Tür.

Warme Luft schlug ihr entgegen und der Geruch von verbranntem Holz. Mit dem Jungen zusammen betrat Cynthia den einfach eingerichteten Raum, der die Küche sein musste. Bei ihrem letzten Besuch, hatte Sabrina sie ins Wohnzimmer geführt. Die Küche gefiel Cynthia besser. An Haken waren einige Pfannen und Töpfe befestigt. Hier sah es fast so aus, wie bei Cynthia zu Hause in der Hütte in den Redwoods.

An dem großen Ecktisch saß Sabrina und schälte Kartoffeln. Vor ihr, auf einer auf der Tischplatte ausgebreiteten Zeitung, lag ein großer Haufen Kartoffelschalen, und neben ihr stand eine Schüssel, in der schon etliche geschälte Kartoffeln lagen.

Der Junge verzog sich ohne ein weiteres Wort, und Cynthia lächelte Sabrina befangen an.

„Es tut mir leid, dass ich hier so hereinplatze...", begann Cynthia hilflos. Sabrina lächelte.

Tatsächlich – sie lächelte. Mit nichts hatte Cynthia weniger gerechnet. Sie hatte sich ausgemalt, dass Sabrina sie rausschmeißen würde, vielleicht sogar den Hund auf sie hetzen.

Jetzt rückte Sabrina einen Stuhl für Cynthia in die Nähe des Ofens „Nimm Platz. Ich dachte mir schon, dass du noch einmal kommst."

„Eigentlich wollte ich nicht kommen", fing Cynthia an, die es nicht fassen konnte, wie anders Sabrina sich heute verhielt.

„Trinkst du einen Kaffee?", fragte Sabrina, als hätte sie Cynthia zu einem netten Plauderstündchen eingeladen.

„Wenn es keine Umstände macht."

Die beiden Frauen musterten einander kurz, und Sabrina lächelte wieder.

„Peter hat doch von dir gesprochen, ich wusste sofort, wer du warst, als du hier aufgetaucht bist", sagte sie. „Er hat mir erzählt, dass du schreibst. Und dass du ziemlich hartnäckig sein kannst, wenn du recherchierst für deine Bücher."

Cynthia trank von ihrem heißen Kaffee und entspannte sich etwas. Was auch immer der Grund dafür war, heute lief es mit Sabrina ganz anders als das letzte Mal.

„Zuerst wollte ich nicht kommen", sagte Cynthia. „Ich wollte dich nicht bedrängen. Aber ich konnte nicht anders. Es lässt mir keine Ruhe, das Gefühl, dass du etwas über Peter weißt"

Sabrina schälte ruhig eine neue Kartoffel zu Ende. Dann legte sie fast demonstrativ langsam das Schälmesser auf den Tisch.

„Hast du meinen Sohn gesehen? - Er ist von Peter."

Was war das? Spielte Sabrina mit ihr? Das konnte nicht stimmen. Peter hatte nie etwas erzählt. Nicht von Sabrina, und erst recht nicht von einem Sohn. Seinem Sohn.

Warum sollte Sabrina lügen? Peter war tot.

Cynthia schluckte. „Ist das wahr?", brachte sie heiser heraus und hielt sich dabei an der warmen Kaffeetasse fest.

„Ja, es stimmt. Aber Peter es nicht. Als ich merkte, dass ich schwanger war, hatten wir uns schon wieder getrennt. Wenn man das so nennen kann. Eigentlich", Sabrina gab ein kurzes Bellen von sich, das wohl ein Lachen darstellen sollte, „eigentlich waren wir nie richtig zusammen."

Peter hatte einen Sohn mit dieser Frau gehabt. Und er hatte nichts davon geahnt. Oder vielleicht doch. Es vermutet - oder befürchtet?

175

„Hat Peter noch erfahren, dass er einen Sohn hatte?"

„Nein. Denn schließlich ist er damals gegangen und wollte mich nicht mitnehmen. Obwohl ich so gebettelt habe."

Sie schwieg. Dann setzte sie sich sehr gerade hin und sagte tonlos: „Peter war schuld an Elenas Tod. Und ich auch."

„Du? Peter hat immer gesagt, es war ein Unfall. Warst du etwa dabei?"

Sabrina hatte die Arme um ihren Oberkörper geschlungen und schaute auf die Tischplatte. Sie gab keine Antwort. Cynthia versuchte es noch einmal.

„Hey, tut mir leid, wenn ich dir zu nahe trete. Aber ich muss wissen, was du gemeint hast. Du hast gesagt, ihr wart schuld an Elenas Tod."

Sabrinas Stimme war sehr leise, als sie sagte: „Wir haben die Situation ausgenutzt, mehr kann ich dir nicht sagen."

Die Situation ausgenutzt. Peter. Er hatte gewollt, dass Elena starb. Das konnte nicht sein. So war Peter nicht. So war er nicht. Er hatte sie geliebt, Elena, seine Frau von der wunderschönen Insel.

„Das glaube ich nicht. Peter hätte so etwas nie getan."

Sabrina lachte trocken. „Was weißt du schon."

„Wir waren immerhin sieben Jahre zusammen."

Sabrina nahm den Topf mit den Kartoffeln und stellte ihn auf den Herd. Umständlich zündete sie mit Streich-hölzern den altmodischen Gasherd an, der nur drei Flammen hatte. Mit dem Rücken zu Sabrina sagte sie: „Ich habe Peter geliebt und er mich. Leider haben wir uns erst bei der Hochzeit kennengelernt. Aber wir haben sie nicht ermordet. Das darfst du nicht denken."

„Was habt ihr dann getan?"

Sabrina drehte sich zu Cynthia um. „Das kann ich dir nicht sagen. Ich musste meinem Vater versprechen, dass ich mit niemandem über Elenas Tod spreche. Kurz vor seinem Tod war Peter noch hier, saß da, wo du jetzt sitzt. Er hat überhaupt nicht lebensmüde auf mich gewirkt. Und außerdem war er ziemlich wütend auf seine ehemaligen Arbeitgeber oder so."

„Wie, oder so?"

„Ich weiß nur, dass er sauer war wegen irgendetwas mit Delfinen. So eine Art Tierversuch haben sie wohl mit denen gemacht."

Aha. Der Mann in Santa Monica. Vielleicht war er doch kein Spinner, und Peter war nach Madeira gereist, weil er einer Spur in der Delfinsache gefolgt war.

„Du brauchst keine Angst zu haben", sagte Cynthia mit bemüht ruhiger Stimme, „was damals mit Elena passiert ist oder eben nicht, interessiert mich nicht. Ich will nur wissen, wer Peter ermordet hat, falls er ermordet wurde."

„Falls", hatte sie gesagt, „falls er ermordet wurde", aber für Cynthia war es klar, sie hatte keinen Zweifel mehr, dass es so war. Umso wichtiger für sie, sich endlich aus der Sache rauszuziehen, das alles war viel zu groß für sie. Sie war keine Detektivin, sie mochte keine Abenteuer, außer diejenigen, die sie selbst erfand, in sicherem Abstand, sorgfältig verborgen hinter der Tastatur ihres Laptops. Sie brauchte die Tastatur zwischen sich und der Welt, ohne sie fühlte sie sich schutzlos.

Das alles ging ihr durch den Kopf, als sie die Lounge des Hotels betrat und Isabella auf einem der Sofas dort sitzen sah. Was wollte Isabella hier? Isabella hatte keine Lust auf Cynthias Gesellschaft gehabt, das hatte sie Cynthia deutlich gezeigt, umso merkwürdiger, dass sie jetzt hier wartete.

„Hallo, was machst du denn hier", sagte Cynthia so leichthin, wie sie konnte und bemühte sich dabei, ihre

Intuition zum Schweigen zu bringen, die Unheil witterte.

„Hallo. Du musst mir helfen", sagte Isabella. „Ich glaube, unsere Männer sind in Gefahr."

Unsere Männer. George war nicht Cynthias Mann.

„Was ist passiert?"

„Mein Cousin hat mir gesagt, dass bei den Desertas Militär irgendwelche geheimen Übungen abhält. Und er hat mir erzählt, dass die Polizei eine Mitarbeiterin einer Forschungseinrichtung im Verdacht hat, Spionin zu sein."

„Und warum sind dann João und George in Gefahr?"

„Weil die Polizei nach einer Frau sucht, die Susanna mit Vornamen heißt. Sie kann die Insel nicht verlassen haben, es sei denn mit einem Boot."

„Und du meinst, sie ist da draußen bei den Desertas?"

„Könnte sein. Und es könnte auch sein, dass sie wirklich Spionin ist und gemerkt hat, dass wir Wind von diesen Programmen mit Meeressäugern bekommen haben. Es könnte sein, dass sie oder ein Kollege von ihr Peter ermordet hat."

Cynthia wurde es eiskalt. George war in Gefahr, und, ja, er war ihr Mann. Sie hatte es sich nicht eingestehen wollen – ein Urlaubsflirt, nichts weiter – und jetzt war es vielleicht zu spät. Ihre berühmte Intuition, diesmal hatte sie Cynthia im Stich gelassen. Sie hatte Georges Idee, raus zu den Desertas zu fahren und sich dort mal ein wenig umzuschauen und zu tauchen gut gefunden.

Isabella wirkte aufgelöst, panisch, - verschwunden war die toughe Journalistin, die immer alles im Griff hatte.

„Isabella, reg dich nicht auf. Uns fällt schon was ein. Hast du schon versucht, João anzurufen?"

„Er hat keinen Empfang, glaube ich. Da ist nur eine Ansage, dass man es später noch mal versuchen soll."

„Gut. Und bei George ist es dasselbe?"

„Ja."

„Dann müssen wir die Polizei verständigen."

„Was sollen wir denen sagen?"

„Das müssen wir jetzt zusammen überlegen."

Sie hockten sich nebeneinander auf das Sofa.

„Wie ist es mit deinem Cousin?", fragte Cynthia. „Könnte er uns helfen?"

Isabella zögerte. „Ich rufe ihn an", sagte sie dann, „vielleicht hat er eine Idee."

Sie zog ihr Mobiltelefon aus ihrer Handtasche. Cynthia verstand nichts von dem, was sie sprach, aber die Panik war in Isabellas Stimme zurück.

„Mein Cousin sagt, er redet mit seinem Vorgesetzten und ruft mich wieder an."

Cynthia legte den Arm um Isabella. Plötzlich waren sie in einem Boot, und Isabella war nur eine Frau, die Angst um das Leben ihres Mannes hatte. Genau wie Cynthia. Eine endlos lange Zeit saßen sie nebeneinander wie festgefroren, jede verloren in ihren Befürchtungen.

Isabellas Mobiltelefon spielte ein paar Töne, die zu einem alten Hit von Michael Jackson gehörten. Um Isabella beim Telefonieren nicht zu stören, ging Cynthia nach draußen und stellte sich neben den Hoteleingang. Erst nach einer ganzen Weile kam Isabella zu ihr. Sie sah ein wenig besser aus als vorher.

„Die Polizei fährt raus mit ein paar Mann. Sie fahren sofort los. Mein Cousin hat seinem Vorgesetzten alles erzählt. Er hat gesagt, wir sollen uns nicht vom Fleck rühren, am besten in deinem Hotelzimmer bleiben, dort sind wir sicher. Aber er hat auch gesagt, dass wir uns keine Sorgen machen müssen, sie haben leistungsstarke Boote und sind viel schneller als das kleine Boot von George. Das habe ich dir noch gar nicht erzählt. Die Männer sind erst ziemlich spät los, haben noch gemütlich gefrühstückt, und João hat mich noch angerufen, als sie abgelegt haben. Mein Cousin meint, dass das Polizeiboot sie spielend einholen müsste."

In diesem Moment bekam Cynthia eine SMS von ihrem Nachbarn in den Redwoods. Sie wunderte sich, als sie las: *Sorry, got a parcel for you sometime ago and forgot to tell you. Please contact me.*

Das Meer wogte sanft und gleichmäßig, und Georges kleines Boot tanzte auf den Wellen wie ein Delfin. Sie genossen es, mal wieder etwas zusammen zu unternehmen, viel zu selten nahmen sie sich Zeit dafür. Sie lebten hier an einem der schönsten Plätze der Welt und hatten ein fantastisches Tauchrevier direkt vor ihrer Haustür. „Wenn ich es wieder vergesse, erinnere mich dran", hatte João gesagt.

Er hatte George versprochen, von nun an öfter mit ihm tauchen zu gehen. Den Zauber der Fische und Korallen hatte João noch lange nicht durchdrungen, seine Kunst fiel immer noch flach aus gegen den Reichtum und die Brillanz der wirklichen Unterwasserwelt. Und es war ihm ein Rätsel, wie er den Schwarzen Manta malen sollte, der einen Taucher mit seiner Finsternis einhüllte, wenn er riesenhaft unter ihm auftauchte.

„Der Schwarze Manta beschäftigt mich. Ich würde ihn so gerne malen, aber ich weiß nicht wie."

George lachte. „Ich schätze, ein schwarzes Bild wird die Kunstkritiker nicht begeistern."

João gab ein Glucksen von sich. „Wäre mal was Neues. Black Manta at the Desertas. Und alle sagen ah und oh, und da hängt einfach nur ein rabenschwarzes Bild."

„Ein mantaschwarzes, wolltest du sagen."

In der Ferne wurde die Silhouette der Desertas deutlicher, außer ihnen war kein anderes Boot unterwegs, und sie ließen sich Zeit. Wenn da draußen eine Station aufgebaut worden war, um Forschung zu betreiben, wäre sie vielleicht vom Wasser aus erkennbar, von der offenen Atlantikseite her. Sie wollten in einem weiten Bogen um die Inseln herumfahren und sich dann der Rückseite nähern.

Aber vorher wollten sie tauchen, unter ihnen war ein Tauchrevier, das George gut kannte und das gern von Schwarzen Mantas besucht wurde.

George stand am Steuerrad und blinzelte in die Sonne. „Übrigens", sagte er, „ich schätze, du hast schon darüber nachgedacht. Mantas sind interessant, weil ihre Bäuche weiß sind. Und sie sehen wie Ufos aus oder manche sagen auch wie Engel, wenn sie ihre Mäuler aufklappen."

„Vielleicht ist es das. Ein Manta von unten."

„Wenn wir Glück haben, sehen wir gleich welche."

„Können wir hier ankern? Ich dachte, es wäre viel zu tief dafür." João beugte sich über den Bootsrand.

„Hier ist ein Berg auf dem Meeresgrund. Zum Ankern ist das ideal. Und zum Tauchen auch." George stoppte das Boot und gab João das Zeichen, den Anker herunterzulassen. Dann fuhr er langsam an, bis ihnen ein leichter Ruck anzeigte, dass sie mit dem Meeresgrund verbunden waren und den Motor abstellen konnten.

Sie holten ihre Tauceranzüge aus dem Schott und legten die Gurte mit den Sauerstoffflaschen an. Das Meer lag jetzt glatt da, nur ein ganz leichtes Auf und Ab schaukelte das Boot. Vorsichtig stiegen sie die Leiter hinunter, die George seitlich am Achterdeck befestigt hatte.

Sofort sahen sie, dass der Berg, von dem George gesprochen hatte, unter ihnen lag. Und um den Berg herum und über ihm tummelten sich unzählige Fische im Sonnenlicht.

Miteinander schwammen sie in die Tiefe, auf den Berg

zu und begannen, nach größeren Fischen Ausschau zu halten. George deutete auf einen Hammerhai, der in einigem Abstand an ihnen vorbeischwamm. Joãos Künstleraugen saugten sich voll mit Farben. Wie von selbst entstanden in ihm Pläne für neue Bilder und Kompositionen, innerlich war er dabei, sich von der Formtreue zu verabschieden und zu begreifen, dass er nur erreichen konnte, was er wollte, wenn er die Unterwasserbilder abstrakt malte.

George gab ihm ein Zeichen.

Da waren sie. Drei Riesenmantas, auch Schwarze Mantas genannt, kreisten in der Tiefe unter ihnen um den Berg. Wie in Zeitlupe näherten sich die Mantas George und João, sie kamen auf sie zu, stiegen majestätisch auf und schienen durch das Wasser zu fliegen. Und jetzt zogen sie an ihnen vorbei und von dem, der ihnen am nächsten war, konnten sie die weiße Unterseite sehen. Mantas und Menschen waren sich jetzt sehr nah, und keiner von ihnen machte Anstalten zu fliehen. Stattdessen umkreisten sie sich in einer Art Tanz und die Rochen zeigten mindestens so viel Interesse an den Menschen wie umgekehrt. João hatte das Gefühl, beobachtet und taxiert zu werden, wohlwollend zwar, aber durchaus kritisch. Die Mantas hatten allen Grund zu einer kritischen Haltung gegenüber den Menschen. João konnte sie gut verstehen.

Weit über ihnen bewegte sich das Boot mit den Wellen, und sie gaben einander das Zeichen für ein langsames Auftauchen. Sie hatten heute noch viel vor, und Georges Boot war mit seinem altmodischen Außenborder nicht besonders schnell.

Die Mantas blieben, wo sie waren, und es fiel George und João schwer, sie zu verlassen. Ein paar Minuten noch, einigten sie sich mit Handzeichen. Als die Zeit um

war, tauchten sie problemlos auf und kletterten an Bord.
Sie waren gerade dabei, ihre Taucheranzüge abzustreifen, als ihnen ein Boot auffiel, das aussah wie eine kleine Yacht, und das aus der Richtung der Desertas auf sie zukam. Es war schwer zu schätzen, wie weit es noch weg war. Keine Panik, dachte George, wir kriegen den Anker rechtzeitig hoch und sind wieder manövrierfähig. Der Außenborder hat mich noch nie im Stich gelassen und die auf dem Schiff sind auch nicht blind. Zu João sagte er nichts, beeilte sich nur, seine Jeans und sein Hemd überzustreifen.

João hatte begriffen, dass es George eilig hatte und kletterte halb angezogen auf das Achterdeck. George startete den Motor und der Anker kam frei und ließ sich an Deck ziehen. Mittlerweile war die Yacht sehr viel näher herangekommen und George nahm an, dass sie backbord an ihnen vorbeifahren würde.

Er steuerte das Boot auf einen Ausweichkurs, und die Yacht zog nach und war wieder mit ihnen auf Kollisionskurs. Was war da los? Er hatte sich sicher gefühlt bis eben, sonst hätte er João nicht eingeladen zu dieser Fahrt, er hatte gedacht, dass sie sich unauffällig als Taucher ausgeben konnten, falls sie von den Desertas aus bemerkt würden. Falls da überhaupt jemand war, der sich für sie interessierte.

Mit einem Blick zu João erkannte er, dass der die Lage erfasst hatte. Sie konnten nicht fliehen, ihr Motor war viel zu schwach dazu. Das Einzige, was ihnen blieb war, ihre Taucherausrüstung vorzuzeigen und sich dumm zu stellen. Sie waren noch weit von den Desertas weg, niemand konnte behaupten, dass sie herumgeschnüffelt hatten.

Sie mussten die Nerven behalten, das war das Wichtigste. Wieder wich George der Yacht aus, und wieder kam sie ihnen nach und hielt weiter auf sie zu. Er konnte jetzt ein paar Menschen an Bord erkennen. Sie standen auf dem Vordeck und hielten etwas in ihren Händen. João reichte George wortlos das Fernglas, aber er konnte noch immer nicht klar erkennen, was sie hielten. George tutete zur Warnung und wich der Yacht zum dritten Mal aus.

Die Yacht tutete auch, und plötzlich hörten sie eine Stimme, die durch ein Megafon verstärkt wurde: „Please stop. You are entering a military zone. Be prepared for passport control."

Natürlich hatten sie keine Pässe dabei. Die brauchten sie auch nicht, wenn sie von Caniço aus zu den Desertas fuhren. Dass in diesem Bereich Militärsperrgebiet war, hörte João zum ersten Mal. Sie konnten jetzt erkennen, dass drei Personen auf dem Vordeck der Yacht standen, die alle schwerbewaffnet waren.

Wie würden die Bewaffneten an Bord kommen? Würden sie sich mit Enterhaken seitlich an das Boot legen und herüberspringen wie Seeräuber? George standen die Schweißperlen auf der Stirn. Er verlangsamte die Geschwindigkeit, damit die Besatzung der Yacht sah, dass sie zu einer Kontrolle bereit waren. Doch plötzlich drehte die Yacht ab und fuhr parallel zu ihnen in etwa hundert Metern vorbei. Was sollte das?

George blieb auf seinem Kurs, und die Yacht drehte noch weiter ab. Durchsagen kamen keine.

„Was ist los?", fragte João. „Ich dachte, sie wollten uns kontrollieren."

„Keine Ahnung, vielleicht wollen sie, dass wir ihnen folgen."

So tuckerten sie eine Weile schweigend hinter der Yacht her, die sich allerdings ziemlich schnell von ihnen entfernte.

Und dann hörten sie sie. Aus Richtung Funchal jaulte die

Sirene eines Polizeibootes.

„Denkst du, was ich denke?", fragte George.

João nickte. „Nochmal Glück gehabt", sagte er. „Das war knapp."

Ein Polizeiboot kam über das Wasser auf sie zu, und ein anderes nahm Kurs auf die Desertas, dorthin, wo die Yacht verschwunden war.

Geständnis im Jardim Botanico

Bis spät in die Nacht diskutierten sie. Bei aller Freude blieb doch ein schales Gefühl zurück. Cynthia und Isabella konnten sich nicht wirklich über die Rettung ihrer Männer freuen, denn wer war es gewesen, der sie da bedroht hatte in den Gewässern der Desertas? Und hatte diese hervorragend ausgestattete Macht noch andere Möglichkeiten?

Darüber konnten sie sich nicht einigen. George meinte, dass sie alle in Sicherheit waren, solange sie sich nicht bei den Desertas aufhielten. Die anderen bezweifelten das. Nach allem, was sie von der Yacht gesehen hatten, hatte da jemand Geld. Geheimdienst, ein privater Konzern? Und warum überhaupt war diese Macht so daran interessiert, sie zu stoppen?

„Wir wollten ja nur tauchen", meinte George. „Das kann doch nicht verboten sein. Aber eins ist klar, dort raus fahre ich nicht mehr."

João schüttelte den Kopf. „Du verstehst es einfach nicht. Was war denn mit dem Auto, das uns auf der Rückfahrt von Sabrina gejagt hat."

„Vielleicht haben wir uns das nur eingebildet", sagte George.

Cynthia stöhnte. „Du kapierst es wirklich nicht, da ist ein bisschen zu viel passiert, als dass das alles nur Zufall gewesen sein kann."

Isabella kam ihr zur Hilfe. „Genau. Cynthia hat recht. Das ist eine geplante Aktion gegen uns, wahrscheinlich weil wir uns für Peter Keller interessieren."

„Also doch CIA?", fragte João.

„Hoffentlich nicht", Cynthia zog die Schultern hoch und ihre Jacke fester um sich. Sie saßen alle auf Joãos Terrasse, er hatte Poncha gemacht, und obwohl es kühl war uns sie müde waren und froren, konnten sie sich nicht entschließen hineinzugehen.

„Wer kann es sonst gewesen sein?" João nippte an seiner Poncha.

„Irgendwelche Investoren mit Privatarmee", sagte Isabella. „Aber wenn das so wäre, hätten die auch Verbindungen zu Geheimdiensten. Mal angenommen, Peter Keller hat in seinem Institut etwas herausgefunden, das mit Madeira zu tun hatte. Irgendeine Schweinerei. Dann haben die ihn beseitigt, bevor er damit an die Öffentlichkeit gehen konnte."

„Ist das nicht ziemlich weit hergeholt?", sagte George. „Klar, du bist Journalistin, aber wir sind ganz normale Bürger, wer wird uns schon was wollen?"

„Fragte der Frosch, der im Kochtopf saß", Isabella sah George herausfordernd an. „Du kennst die Geschichte, oder? Ein Frosch springt nicht aus dem Topf, wenn du das Wasser Schritt für Schritt immer ein Grad heißer machst, ganz langsam."

George zuckte die Schultern. „Das hat doch nichts mit uns zu tun. Willst du uns mit Fröschen vergleichen?"

„Eins darfst du nicht vergessen", sagte Isabella langsam, „darüber, wie Geheimdienste arbeiten weiß ich eine ganze Menge. Und das hier könnte durchaus die Signatur einer solchen Aktion sein. Auch die Bewaffnung, die ihr beschrieben habt, passt dazu."

„Aber was könnten die verbergen wollen", schaltete sich Cynthia ein. „Das muss ja irrsinnig wichtig sein. Ich muss immer an den Mann in Santa Monica denken. Delfine, die Navy, Peter, da ist die Spur. Aber ich komme nicht drauf, was es sein könnte."

Isabella gähnte. „Mir fällt schon etwas dazu ein. Es gibt Pläne, Menschen etwas einzubauen, um sie steuerbar zu machen."

Jetzt stöhnten George und João gleichzeitig.

„Du mit deinen Räubergeschichten", sagte João und legte seinen Arm um Isabellas Schulter.

„Hört erstmal zu", sagte Isabella. „Ich habe einen Admiral interviewt, er ist übrigens mittlerweile tot, Flugzeugabsturz." Sie machte eine Pause, und die anderen warteten gespannt. Erzählen konnte Isabella, dachte João. Seine Isabella, eine richtige Heldin war sie, klug und schön und so mutig wie aus einem Actionfilm.

„Dieser Admiral, der jetzt, wie gesagt, tot ist", erzählte Isabella, „hat mir gesagt, dass daran geforscht wird, Meeressäuger steuerbar zu machen mit etwas, das ihnen einoperiert wird. Und Meeressäuger sind schon ziemlich nah mit uns verwandt, sie sind keine Fische, wie George uns bestätigen wird."

George grinste schwach.

„Es wäre also möglich", fuhr Isabella fort, „dass das, was an den Meeressäugern ausprobiert wird, später für uns Menschen gedacht ist. Und irgendwo müsste man das testen, und hier wäre kein schlechter Platz dafür. Die Desertas sind Naturschutzgebiet, da ist es schön ruhig."

Die anderen schwiegen nachdenklich. Jeder hing seinen Gedanken nach.

„Und was machen wir jetzt?", fragte João nach einer Weile.

„Da bin ich mit George einer Meinung", sagte Isabella. „Die Desertas meiden."

Am nächsten Morgen saßen sie alle wieder auf der Terrasse und Cynthia und George hatten ein verdächtiges Glühen im Gesicht, wie João fand. Er hatte ihnen die Klappcouch angeboten, sie war breit genug für zwei, hatte er gesagt, und es war genauso gekommen, wie er gehofft hatte. Er mochte Cynthia. Und es war Zeit für

George, endlich einmal eine richtige Beziehung zu haben. Eigentlich gab es keinen Grund, Isabella hätte sich amüsiert, wenn er es ihr gesagt hätte und deshalb hielt er den Mund. Aber João wusste, dass sein Freund George gut bei Cynthia aufgehoben war. Cynthia und George, das war etwas Stabiles, noch bevor es angefangen hatte.

Cynthias Mobiltelefon klingelte. Sie zeigte George die angezeigte Nummer, und er zuckte die Achseln.

„Hallo?"

„Cynthia? This is Sabrina."

Sofort schaltete Cynthia auf Lautsprecher.

„Hi, Sabrina."

„Ich würde dich gerne treffen, Cynthia. Ich muss dir etwas sagen. Aber nicht am Telefon. Kannst du zum Botanischen Garten kommen?"

„Klar. Heute?"

„Ja, heute. Ich bin in Funchal. Ich könnte in einer Stunde dort sein. Ist das zu früh?"

Cynthia schaute zu George, und der streckte einen Daumen nach oben. Cynthia lächelte ihm zu. „Nein, in einer Stunde ist okay. Dann treffen wir uns um halb elf beim Eingang."

„Super, bis gleich."

„Ich bin gespannt, was sie will", murmelte Cynthia, während sie die angezeigte Nummer speicherte.

Zu viert gingen sie kurz darauf ins Stadtzentrum und nahmen den Bus hinauf zum Jardim Botanico. Sie verabredeten, dass Cynthia George anrufen sollte, wenn sie mit Sabrina gesprochen hatte. George, João und Isabella würden so lange in der Nähe einen Kaffee trinken und auf Cynthias Anruf warten.

Cynthia kaufte sich ein Ticket und betrat den Botanischen Garten. Von Sabrina war nichts zu sehen, aber es war auch noch nicht ganz halb elf. Ein paar

Minuten später kam Sabrina durch das Eingangstor, sie trug Jeans und hohe Stiefel mit Absätzen, sie hatte Makeup aufgelegt, und die Haare hingen ihr locker um das strahlende Gesicht. Eine völlig andere Frau kam Cynthia da entgegen, locker und entspannt und gut gelaunt, meilenweit entfernt von der verkrampften Sabrina, die Cynthia bisher begegnet war.

„Hallo", Sabrina wollte Cynthia umarmen, aber die wich zurück.

„Hallo. Schön dich zu sehen."

„Ja, wirklich, Cynthia. Danke dass du gekommen bist."

„Warum hast du mich hierher bestellt?"

„Komm, wir gehen ein bisschern herum. Hier gibt es sehr schöne und interessante Pflanzen. Und ich erzähle dir alles."

Sabrina hakte sich bei Cynthia ein, die ihren Widerstand aufgab und sich von Sabrina zu den geometrischen Mustern aus Tausenden von Blumen ziehen ließ. Wie zwei Freundinnen schlenderten sie in Richtung der großen Beete voller Strelitzien.

„Gestern habe ich mit meinem Mann gesprochen", fing Sabrina an. „Und jetzt geht es mir so gut. Weil er mir gesagt hat, dass er immer zu mir stehen wird, egal was passiert. Und er hat gesagt, dass ich es dir sagen muss."

„Ich verstehe gar nichts", sagte Cynthia.

„Ich erkläre es dir. Ich weiß, wer Peter Keller getötet hat, ich war es."

„Du?" Cynthia wurde schwindelig.

„Ja, aber ich habe es nicht mit Absicht getan. Wir haben uns hier getroffen, nicht hier, unterhalb, ich zeige es dir gleich, man kann den Platz vom Jardim aus sehen. Das war früher unser Lieblingsplatz. Dort haben wir immer Picknick gemacht, als wir noch ein Paar waren. Ja, Peter war meine große Liebe. Ich habe gedacht, dass ich nie mehr so lieben würde. Bis ich meinen Mann kennengelernt habe." Wieder lächelte Sabrina strahlend. „Peter und ich haben uns getroffen. Mein Mann sollte davon nichts erfahren, denn er weiß ja, dass Peter und ich einmal ein Paar waren, und er weiß auch, dass Peter der Vater meines Sohnes ist. Peter hatte keine Ahnung. Bis er vor ein paar Monaten nach Madeira kam, hat er nichts gewusst. Er kam wegen dieser Delfingeschichte. Aber ich glaube, dass das nur ein Vorwand war."

„Glaubst du, er hat dich immer noch geliebt?", fragte Cynthia.

„Nein, gar nicht. Nein, der Grund war ein ganz anderer. Es ist sehr schwer für mich, darüber zu sprechen. Peter und ich – wir haben damals meiner Schwester, also seiner Frau – wir haben ihr damals nicht so geholfen, wie wir es gekonnt hätten auf dem Meer."

„Der Badeunfall, bei dem sie gestorben ist?"

„Ja. Der sogenannte Badeunfall. Ich habe nie mit jemandem darüber gesprochen, die Schuld hat mich all die Jahre von innen her aufgefressen, ich habe keinen einzigen Tag verbracht, an dem ich es nicht bereut habe. Ich habe es auch meinem Mann nicht gesagt, und er hat gedacht, dass ich ihn nicht liebe, weil ich immer so verschlossen und unglücklich war."

„Hattet ihr das geplant?", schrie Cynthia fast. Ihr Peter, ein Mörder? Einmal hatte Sabrina schon solche Andeutungen gemacht. Cynthia hatte es nicht glauben wollen, nicht glauben können.

„Wir haben es nicht geplant. Meine Schwester war über Bord gegangen, wir haben sie gesucht, vielleicht war sie ohnmächtig geworden und deshalb untergegangen. Wir haben sie wirklich gesucht, alles nach ihr abgesucht. Und ganz zum Schluss, es gab damals keine Mobiltelefone musst du bedenken, also Verstärkung konnte man nicht so einfach holen. Ganz zum Schluss haben wir etwas gesehen, ziemlich weit weg, es hätte sie sein können, es hätte auch etwas anderes sein können. Es war bunt, schwer zu erkennen und wir hatten kein Fernglas. Und wir sind nicht hingefahren und haben nachgesehen. Wir haben nie darüber gesprochen bis zu dem Tag, als Peter und ich uns hier oben gestritten haben. Er hat mir gesagt, dass es ein großer Fehler war. Seine Liebe zu dir, Cynthia, war immer von seinen Schuldgefühlen überschattet. Und genauso ging es mir auch mit meinem Mann. Wir haben beide geweint, aber dann habe ich Peter gestanden, dass er der Vater von meinem Sohn ist, und da ist er ausgerastet. Er hat mich geschubst und ich habe zurückgeschubst, und plötzlich war er nicht mehr da."

„Ich muss mich setzen", brachte Cynthia mühsam heraus, bevor sie zur Seite kippte. Sabrina fing sie auf und half ihr, sich auf ein Mäuerchen unter einem blühenden Baum zu setzen. Sie hielt Cynthias Hand, und langsam kehrte das Gefühl in Cynthias Beine zurück. Sabrina sah sie mit aufgerissenen Augen an.

„Es tut mir so leid. Es tut mir so leid, Cynthia. Ich werde zur Polizei gehen und mich selbst anzeigen. Aber zuerst musste ich mit dir reden."

Cynthias Ohren dröhnten. Peter ein Killer. Oder ein Totschläger oder wie man das nannte, wenn jemand es nicht geplant hatte. Peter, der immer so reserviert gewirkt hatte, sie hatte dasselbe geglaubt wie Sabrinas Mann. Sie hatte gedacht, dass sie Peter nicht so viel bedeutet hatte. Dass Peter sie nicht geliebt hatte. Oder nicht so, wie sie ihn.

„Ich gehe zur Polizei", redete Sabrina weiter. „Ich ertrage diesen Zustand der Schuld nicht mehr. Sicher sind Peter und ich nicht zurückgefahren und haben nachgesehen, weil wir verliebt waren und gehofft haben, dass wir so doch noch zusammenkommen können."

„Aber ihr habt nicht darüber gesprochen."

„Nein, nie. Erst jetzt habe ich erfahren, dass Peter damals auch dieses Bunte gesehen hat und sich entschieden hat, mir nichts davon zu sagen."

„Dann war es nicht abgesprochen und kein Mord."

„Ich weiß es nicht, aber es war falsch, das steht fest. Ich bin nicht glücklich geworden und Peter auch nicht. Die Schuld war immer da."

„Jetzt verstehe ich", sagte Cynthia.

„Was verstehst du?"

„Alles. Meine Beziehung mit ihm. Die Mauer, die um ihn herum war."

Fehler muss korrigiert werden.

Peters Geist hatte es ihr gesagt, aber sie hatte es nicht verstehen können. Peters Schuld hatte aufgedeckt werden müssen. Vielleicht fand er jetzt Ruhe.

Ach, Peter. So viel Leid, ganz unnötiges Leid, geboren aus einem Moment der Verblendung, aus einem spontanen Entschluss, der das Leben zweier Menschen ruiniert hatte.

Für Sabrina war es vielleicht noch nicht zu spät.

„Von mir aus musst du nicht zur Polizei gehen", sagte Cynthia ruhig.

„Wie meinst du das?"

„Niemand hat etwas davon, wenn du bestraft wirst, du hast wirklich genug gelitten."

Sabrina schwieg.

„Wirklich", Cynthia starrte auf eine Eidechse, die aus einem Spalt in der Mauer lugte. „Du hast genug gelitten. Und Peter würde es sicher genauso sehen."

„Ich muss meine Schuld gestehen", sagte Sabrina.

„Nein", Cynthia sah, wie die Eidechse aus dem Loch kam und bewegungslos in der Sonne verharrte. „Niemand hat etwas davon, du hast deine Schuld mir gestanden, Peter gestanden und deinem Mann. Das reicht. Und ich sehe es nicht als deine Schuld. Ihr habt eine falsche Entscheidung getroffen, vielleicht müde und erschöpft von der Sucherei und dem Schock, dass deine Schwester untergegangen war. Vielleicht hat es gar nichts damit zu tun gehabt, dass ihr verliebt wart."

„Ich glaube doch", sagte Sabrina.

„Genau, du glaubst. Und ich glaube etwas anderes, und die Wahrheit werden wir nie erfahren. Und du hast auch keine Schuld daran, dass Peter abgestürzt ist. Wenn überhaupt irgendetwas, dann tust du mir leid. Du kannst nichts dafür, dass es alles so schrecklich gekommen ist."

Cynthia legte den Arm um Sabrina, die sich plötzlich krümmte und einen schrecklichen Heulton ausstieß, der die anderen Besucher des Jardims zusammenfahren ließ.

„Ja", murmelte Cynthia. „So ist es gut. Es ist alles gut. Du wirst sehen, alles ist gut."

Sie fühlte sich leicht.

George wartete auf sie, und Peter war tot, getötet nicht durch die CIA, sondern durch einen Unfall. Peter hatte sie geliebt, hatte gelitten und geschwiegen, aber er hatte sie geliebt. Eigentlich hatte sie es immer gewusst.

Sein Geist würde jetzt zur Ruhe kommen. Und sie auch.

Epilog

Hoch über Madeira, in den Wolken, im Licht, glühte der Funken, der den Namen Peter Keller getragen hatte.

Tief unten, auf der Insel, die den Namen Blumeninsel trug, würde eine Frau nicht eher ruhen, als bis sie alle Geheimnisse publik gemacht hatte, die die Freiheit der Menschen bedrohten.

Und alles war gut.